孤獨夜裡的熱可可

孤独な夜のココア

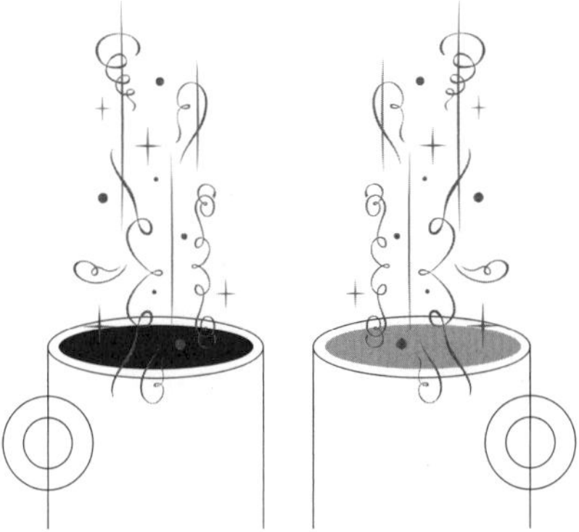

田邊聖子 *Tanabe Seiko*

劉子倩……………………譯

目次

報春鳥

也許是為了給我驚喜，關於那間房子，笹原先生事前隻字未提。

除了可能是一份驚喜，另一方面，我想大概也是因為他很有把握我一定會喜歡。

那晚，我們一如往常在三宮的酒吧會合——在這裡碰面後，每次總是先吃飯，然後，通常會去山坡頂上那個像瓢蟲一樣小巧美麗的旅館。我將那裡命名為「瓢蟲旅館」（無論對任何事物，我都會自行命名。我自己也習慣了這麼稱呼，因此有時忍不住脫口這麼提起時，別人會聽得一頭霧水）。

有時我們會在瓢蟲旅館過夜，也有時不會。主要是看笹原先生的工作狀況。我這邊倒是無所謂。與我同住的姊姊他們也熟知笹原先生，所以已經不再有任何意見。

大概是因為他們知道我會和笹原先生結婚吧。

況且，笹原先生是比姊姊和姊夫還要年長的成年人，所以姊姊他們似乎認為，事到如今，即使囉哩囉嗦指手畫腳也只會讓我這廂尷尬。笹原先生的年紀，正好比二十二歲的我大了一倍。

事事都習慣自行命名的我，唯獨對笹原先生沒有其他稱呼。

笹原先生就是笹原先生。

他的心態之年輕甚至像是與我同齡，可是，有時看起來又非常成熟（他是成年人所以這是理所當然）。

笹原先生是我父親生前因工作關係認識的人。雖然和我父親的年齡有段差距，但二人似乎交情很好。我就讀短大時，也是他擔任我的保證人。

笹原先生人很親切。父親過世後，他在各方面都很照顧我們。我的母親比父親更早過世，因此我等於從此成了孤兒。

（雖然有姊姊，但她已經結婚了。所以就我的感覺來說，我成了孤兒。如果是父母雙亡的少年，而爺爺奶奶依然健在，願意疼愛那孩子撫養他的話，以我的語感而言那並不叫做孤兒）。

至於我，因為已經無人疼愛我了，所以是孤兒。

想來，或許是我不想再做孤兒的渴望，讓笹原先生與我走到一塊。

笹原先生當然有妻子也有孩子。他是神戶某家貿易公司的社長，所以也有員工。

他的妻子，我沒見過。名字叫做「登利子」，因此我稱呼她「小鳥女士」（註：登利子（TORIKO）的發音與小鳥（TORI）相同）。

而且，那個稱呼不知不覺成了我與笹原先生之間的專屬名稱。

小鳥女士據說是非常熱心兒女教育的媽媽，一年之中有一半時間都不在家。據說是忙著奔波於二個兒子分別位於東京與九州的宿舍與寄宿公寓。

「因為她從孩子上高中起就把孩子送去很遠的學校住宿舍。校方說，至少在健康管理方面，家長必須經常來探視，多多留意，所以她就更起勁地跑去看小孩。這完全是本末倒置嘛。與其把孩子送到那麼遠的學校，還不如留在父母身邊就讀本地學校。」笹原先生抱怨。

笹原先生說，他討厭「本末倒置」。

只要看穿事物的本質，然後專心盯著那個，其他的事情拋到一旁就行了。

然而，這世上的人大多不看事物的本質，反而抓著衍生出的瑣碎細節斤斤計較，最後過度拘泥於細微末節，往往看不見本來真正重要的事，笹原先生說，那樣很奇怪。

因此，小鳥女士過度關心孩子的教育問題，「反而忘記了製造孩子的我這個根本，這樣是本末倒置。」笹原先生如此批評。

之後，作為本末倒置的例子，他也告訴我這麼一個故事。

在報紙的家庭版，有個專門給女性投稿的專欄。某日不經意一看文章，是個臥病在床的妻子寫的，內容是對病榻旁溫柔看護的丈夫與孩子表達衷心感激。妻子的病因，是過度勞累。五個孩子年紀雖小卻已懂得擔心媽媽，紛紛表示等媽媽出院後大家要多幫媽媽做事，令這個妻子感動哭泣。

「這也是本末倒置吧。」

笹原先生不可思議地說。

「基本上，就是因為連生了五個小孩才會過度勞累。與其事後再來感動哭泣，還不如一開始就不要製造這麼多小孩。」

「哈哈哈！」

我忍不住捧腹大笑。笹原先生講的話很好笑。他是天真無邪說得很認真，但在我聽來，就是很好笑。

感覺不像成年男人，倒像是跟同年代的年輕人一起玩。不過，他和那些青年終究有點不同。

那是因為笹原先生天真無邪，是個大好人。天真無邪又心地善良的人，除非是對自己有自信，否則不可能坦然流露這種性情。對自己有自信，或許是因為奮鬥過漫長的人生，而且連戰皆捷地走到今天。

但在笹原先生身上沒有勝利者那種傲氣。他輸的方式，肯定也一樣天真無邪。

我說：

「我喜歡笹原先生。」

笹原先生一聽，

「這話我愛聽，是真的嗎？」

他的臉孔倏然發亮。

「不是你說的嗎？不能本末倒置。」

我說。結果，被笹原先生摟到懷裡。

笹原先生身上，一點也沒有成年男人那種怪怪的臭味（比方說香菸味，吃過什麼東西的氣味，刮鬍水的氣味，保險箱的氣味，辦公桌抽屜的氣味）。還有，他摟緊我時的力道，沒有那種唯我獨尊的感覺，只是像要說「如果不嫌棄，可以到我這裡來嗎」那樣伸長手臂。

「這裡」，指的是笹原先生的胸膛。看起來寬大又堅固，嬌小如我，幾乎可以「咻！」地完美納入他的懷中，感覺應該會很舒服。笹原先生的個子雖是普通高矮，但體格非常壯碩，因此乍看之下像個大塊頭。

下午見面時，他的鬍子總是已經變得濃密。那簡直像某種無法挽回的悔恨。我父親及姊夫的鬍子都不多，因此笹原先生臉頰與下顎濃密的陰影，對我來說很稀奇。鬍子雖茂密，但笹原先生的額頭和頭頂都已經禿了。不過，那在我看來也同樣天真無邪。況且雖然鬍子刺刺的，扎得很痛，他的嘴唇卻很柔軟。

那是在山頂上的公園。等我們下來到了市區，我朝經過的第一家商店櫥窗隨意斜眼一瞄，笹原先生立刻說：

「要什麼我買給你。」

我覺得撒撒嬌可以取悅他，於是指著大顆人造珠子串成的項鍊。珠子是不透明的青灰色，有馬眼那麼大。

「要戴那麼大的玩意啊？小心太重，會把你的小脖子壓斷。」

笹原先生說，但他還是買給我了。這天我穿著焦茶色毛衣，所以沒讓店家打包，直接戴在脖子上。珠子並沒有想像中那麼沉重，而且冰冷的觸感很舒服。我一邊走路一邊輕輕用嘴唇逐一碰觸（珠鍊像和尚戴的佛珠一樣長），所以不知不覺落在笹原先生後頭。笹原先生已經走到停車場上車了。

「你看起來像是一邊搖搖晃晃走路，一邊一顆一顆啃食。」

笹原先生說，逗得我忍俊不禁。

有一天公司很忙。我在專心工作，連笹原先生來了都沒發現。笹原先生說他來辦事順便看看我的工作情況。

「你工作的神情好認真。認真工作的年輕人，我喜歡。」

我在心裡竊喜，幸好那天湊巧工作很忙。我渴望被笹原先生誇獎、欣賞，所以不管用什麼卑鄙手段，只要能夠加分我就很開心。

小鳥女士在東京為了孩子就學買了公寓，因此笹原先生在神戶這邊好像幾乎都是一個人過日子，我每天都可以見到他。笹原先生說，小鳥女士連笹原先生最疼愛的女兒都帶去東京，想讓她就讀名門私立女子學園，所以他很氣小鳥女士。

「真是傷腦筋的歐巴桑。」

笹原先生說。我說不出「對呀」，只是保持沉默，卻忍不住壞心眼地暗自高興小鳥女士被扣分。而且「歐巴桑」這幾個字，我總是忍不住在心裡替換成「鷗巴桑」。不用通常用的「歐」字，改用較少見、看起來很生疏的「鷗」，好像更適合小鳥女士。

撇開那個不談，對於笹原先生寵愛的女兒，我有點吃醋。而且同樣壞心眼地悄悄想著：「你趕快去東京吧！」但是看不到女兒，會讓笹原先生很難過，所以我的心情正好一半一半。

不過我會起了那種念頭，是因為老是意識到小鳥女士這個鷗巴桑，和笹原先生的女兒。

打從我們去瓢蟲旅館之前，笹原先生就說他要和小鳥女士離婚。小鳥女士已搬去東京，現在，三個孩子都跟著母親在東京生活。可是，小鳥女士不同意正式辦理離婚手續。她深信男孩子就業時，如果父母離婚會對求職造成不利影響。明明實際上早已分居……

「本末倒置。」

「對呀。」

笹原先生忍不住笑了。

「不過，變成這樣也好。幸好有碧在。否則我大概會很寂寞。」

「要是沒有我，你們也不會分居了吧。」

「不，那是兩回事。小鳥女士叫我結束神戶的工作去東京工作。那種事我辦不到。主要還是，其實雙方對這樁婚姻都早已厭倦了吧——不是因為你才變成這樣，首先，小鳥女士去東京的時間就早於我們來這家旅館。不是嗎？」

「不看行事曆確認我不知道。」我說。

但我其實記得來瓢蟲旅館的日子。外面下著傾盆大雨，偏偏笹原先生這天沒開車來，也攔不到計程車，我們被淋成落湯雞。

衝進山坡頂上的旅館後，「渾身濕透也不能坐車。弄乾之後再回去吧。」笹原先生說。

至於我，只要和笹原先生在一起，就像在父兄的陪同下去逛短大的校慶園遊會，因此我很乾脆地說：「嗯。」

但是進了房間後，我穿著濕衣服就先打開電視看。

「傻瓜。這樣會感冒喔，快脫下來換上這個。」

笹原先生說著把浴衣遞給我。順便關掉電視。

「吵死了。」他說。

萬一感冒就糟了，所以我去洗了個澡，也討了一根香菸抽，但是味道一點也不好。中學時，也曾見朋友抽得津津有味就要了一根嘗試，我果然毫無長進。酒倒是學會喝了……

但是比起菸酒，更讓我迷醉的還是「笹原先生」。

「笹原先生。」

「什麼事？」

我說不出口。我像潛入水下的水鳥一樣鑽進被窩，貼到笹原先生的身旁。笹原先生在枕畔的菸灰缸摁熄香菸後，翻身仰臥把我的腦袋摟到腋下，另一隻手開始屈指計算。

「一、二、三……」

「你在算什麼？」

「沒有啦，我只是忽然想到，小兒子還有幾年才大學畢業。到時我就可以和碧結婚。」

「已經結了。」

我從笹原先生的腋下出聲說。結果，笹原先生好聞的腋窩刺刺的毛就碰觸到我的臉。

「不，還是辦個正式儀式吧。我雖然不需要，但你是第一次結婚，還是會想要盛大、豪華的婚禮吧。況且不辦也無法對你姊他們交代，對你也不好意思。」

「笹原先生打算跟我結婚？」

我嚇了一跳。

「難道你不打算結婚？」

笹原先生反而更吃驚。

「我自己是這麼一心認定，所以我以為碧也是這麼想。」

「想當然是想。如果真的能夠結婚，不知該有多好。」

我說到最後忍不住嘆氣。沒有任何人能夠讓我像跟笹原先生在一起時這麼安心、快樂，況且如果能夠讓全世界的人認同我們在一起，我會非常開心。老天爺對我非常慈悲，讓我得以遇見笹原先生，還對笹原先生灌輸了要跟我結婚的想法……

但在另一方面，老天爺的慈悲，也讓我感到一種衝擊過大所以暫時隱瞞的慈悲。

因此那個懷疑令我的心頭武裝上盔甲，始終有點忐忑不安。

「我們兩個年齡差很多，大家一定會吃驚吧！」我吃吃笑。

笹原先生聽了像個天真無邪的少年，得意洋洋地咧嘴笑。

「沒事。因為大家早就認定我是個怪胎了。在意那種事，才真的是本末倒置。我喜歡碧，所以不想把碧讓給任何人。就這麼簡單。」

笹原先生一邊驚呼「哇，好纖細的骨頭。萬一折斷了怎麼辦。我擔心得都不敢亂碰」一邊抱緊我，但他看起來明明沒怎麼用力，我卻覺得快窒息了。不過，那或許是因為我太歡喜，才會喘不過氣。

笹原先生在三宮的酒吧一坐下，就說：

「今晚很忙。還得當貨運工，所以沒時間慢慢喝酒了。」

「為什麼？」

「要搬行李。因為我找到房子了。在山頂上，但車子只能開到途中——

一件一件自己扛上去吧。」

「不是公寓？」

「我覺得有院子比較好。公寓欠缺風情。」

我對不能去瓢蟲旅館有點不滿。笹原先生目瞪口呆。

「那裡都已經去了二年了。你也該膩了吧。」

「就算不去那種山頂上，只要能跟笹原先生在一起，什麼地方都無所謂。」

「傻瓜。」

笹原先生說著，立刻站起來。

我們說好在結婚之前先找個地方一起住，因此笹原先生之前就在找房子了。笹原先生的小兒子還有二年才大學畢業。只要再過二年，小鳥女士就會答應離婚。（應該會）。

撇開那個不談，笹原先生等不了那麼久，所以打算和我先在哪安家。笹原先生說，以後他就從那個家去中山手街的公司上班。

車子後座，堆著棉被。

「時間緊迫，所以我就把家裡的先拿來了。」

笹原先生開心地咧嘴一笑，我也被他感染得興奮起來。

「哇，那裡已經可以住了嗎？」

「可以呀。也找了木匠裝潢並且打掃過了。也有水電瓦斯。只剩下電話還沒裝——先把最急需的廚房用品買齊吧。」

「你不早說！如果早點告訴我，人家就可以好好抱著期待了！」

我很貪心，與其一下子收到太大的驚喜，我更希望被一點一滴地取悅。

「我想給你一個驚喜。」

笹原先生在車上吻了我一下。然後去元町街採購。我一一細數。

「要買茶具、咖啡杯，還有筷子、海碗。」

「買海碗做什麼？」

「要吃拉麵呀。」

我這麼一說，笹原先生忍不住笑了。

「別忘了還要買杯子，喝酒的。」
「毛巾和牙刷有嗎？」
「怎麼可能會有，那邊又不是旅館！」
零零碎碎的購物，真的很開心。
買來的東西笹原先生全都自己拎，全都自掏腰包付帳。進了食品店，又買了一大堆威士忌啦茶葉啦，還有即溶咖啡、火腿之類的。
「要建立一個家庭，唉，挺花錢的呢。」
笹原先生嘴上抱怨，心情卻非常好。
我們開車把那些家當一路運到山腰，再從那裡走石階把東西搬上去。上面好像也有很多房子，不時有人經過。我留在車上，負責看東西。笹原先生來來回回好多趟，但他倒也沒有氣喘如牛，連棉被也搬上去了。
最後的行李，是我倆一起搬上去的。
推開昏暗的院子門，是棟小巧的洋房，門窗敞著，燈火通明。走近時，笹原先生從我手裡接過行李，叫我閉上眼睛走進去。聽到他說可以時，我睜眼一看，眼前是貼著美麗壁紙的可愛西式房間。我們搬來的行李，在光禿禿的地板上堆成小山。我著迷地四處參觀。窗子面向大海敞開，只有廚房的窗子對著山。榛樹似乎綠蔭森森籠罩廚房窗口，但是晚上看不清楚。相對的，駛過海面的船隻漁火看來格外鮮明。草皮向著大海，二樓好像也有房間。

我緊摟住笹原先生的脖子。

「我要和笹原先生住在這裡？就我們二人？」

因為太高興，忍不住落淚，我覺得很丟臉。

「笹原先生這個稱呼，應該改一下了吧。」笹原先生說。

如果能夠想到別的稱呼，我早就這麼做了。笹原先生就是笹原先生，我也沒辦法。

「啊，好開心！」

見我真的很喜歡，笹原先生好像也很滿足。

「喜歡吧？比起公寓大樓或社區住宅好多了。」

「那當然，這裡也會有鳥飛來吧？我來種些花吧。」

「花和鳥我都不需要。我只想和碧在這裡睡覺。」

「……！」

我狠狠掐了一下笹原先生的手臂。

「好痛。」笹原先生坦然說。

畢竟是沒有家具和任何東西的空蕩蕩房子，連床鋪也沒有，所以我們直接打地鋪。

「今晚就在這兒過夜吧。家具改天再慢慢添購。」

「要讓我選我喜歡的喔。」

「這裡本來就是你的家。隨你愛怎麼布置都行。」

早晨，溫暖的日光照耀廚房。已是宛如春日的陽光。

胸口淺黃，肚子是美麗灰色，背部黑色的小鳥飛來，在枝頭啁啾後飛去，然後又飛來。我立刻給那隻小鳥取名為「報春鳥」。報春鳥其實叫做黃鶯，但對我來說，我覺得那隻鳥簡直像是我的幸福象徵。

我辭去了工作。

搬家那天，姊姊夫妻也來幫忙，還讚美了這個房子。

笹原先生説，這個家都要用新用品，所以他自己什麼都沒帶來。全部都是我替他買的，所以足足有一個月的時間我都忙著添購家中用品。

那是我此生最充實的時光。等到大海色調變濃，草皮漸綠後，報春鳥每早都會出現。

笹原先生在早上八點半出門。

「今天會有什麼送來嗎？」

他問。他是指家具。

「是搖椅。要擺在可以看海的走廊。可以吧？」

「請便。」

笹原先生什麼都答應，唯有我買的床不過關。他説床太軟了睡起來心煩。大學時代練柔道的笹原先生，好像比較喜歡睡硬一點的床。所以我們雖然有床，卻一直打地鋪。不過，對我來説那樣更好。因為只要把門敞開，躺著也可以看海——而且房子位於高地，院子外面也不會有人經過。

每晚，笹原先生會準時在七點回來。他走上石階的腳步聲，令我幸福得眼泛淚光。

趕快給他看搖椅吧。搖椅上面有雕刻，是我很喜歡的椅子。

然而，那晚，我等了又等，笹原先生還是沒回來。

他在公司倒下被人直接送進醫院，就這麼死了。是心臟病發作。就在我們搬到山上的新家約莫二個月之後。

現在，我獨自住在市區的小公寓，在新公司上班。城市裡到處都看不見報春鳥的身影。我再也沒機會知道牠正確的名字。

或許，笹原先生就是為了讓我看見那隻報春鳥才與我相遇。不過，比起思念笹原先生我反而更懷念報春鳥，或許也是本末倒置？

守規矩的戀人

我這人，嚴格說來算是比較守規矩。

或者，也許該說我不知變通（這也是經過長時間才終於發現的。本來，我可能連這點都無法察覺。而且我一直以為守規矩是一種美德）。

星期天，我從一早就很高興。

今天他說好了晚上會來。

他要來我家接我，然後我倆要去神戶玩。

他的休假日不一定是星期天，所以很難和我的休假日碰到一起。

我的休假日固定都在星期天。

不，其實我隔週也休星期六，但我星期六要上才藝課，會很忙。畢竟我是謹守規矩的人，所以很少請假。既然已經繳了學費，我覺得請假太浪費。

——守規矩，或許與小氣不無關係。日本花牌上有句諺語說「規矩人多子多孫多福氣」，那是什麼意思，我從以前就不甚了了。小時候根本不懂，只是天真無邪地大聲朗讀出來，長大之後就不好意思再念出來了。因為我已經把「多子多孫」和「守規矩」連在一起思考了。換言之，我以為那句話的意思是說，守規矩的人在結婚之後就該努力和妻子敦倫。而且，我也發揮小氣精神，以為那個意思是說既然已經有了合法的妻子，不多做幾次未免浪費。

有一次我這麼告訴他後，

「噗！」

他噴笑。

他雖然不會主動說笑話，但還算是懂得幽默。

「努力與妻子敦倫就會製造出很多小孩，因此才有了『規矩人多子多孫多福氣』這句諺語。」

我得意洋洋地如此說明。

「這是小薰的成語新解？」

他說。

「我覺得應該是這樣。」

其實，在我看過的書中，對這句諺語的解釋是：「守規矩的人，通常很正經。正經的人孩子多。因為這種人不會流連風月場所，也不會在外金屋藏嬌。因此家裡會有很多孩子。而且會享『子孫福』，上天會賜予好孩子，得以安享晚年，因而人的一言一行都該守規矩。這就是諺語背後的意義。」

但是在我看來，根本沒有那種意義。

至少，用在這張花牌上，是在嘲笑守規矩的人。

有點被人當傻子耍。

「是啊。」

他也說。

「小薰的直覺相當厲害。我想，正如小薰所言，因為一板一眼又有小氣精神，所以守規矩的人才會有很多孩子吧。」他贊同我的意見。

他的個性，就是有這種通情達理之處（所以我認為，我和他非常聊得來。對於人生，以及人性，我深信我倆能夠心意相通）。

雖然對人生和人性的看法心意相通，但更重要的，關於我倆之間的感情，他究竟是怎麼想，卻好像始終曖昧不明。

所以，謹守規矩的我，每次面對他難免心浮氣躁。

和我交往，他從未露出充滿欲望的表情。我也不好意思太露骨地逼他，即便我隱隱約約暗示那個意思。

「不……不是的。那個……」

他總是只會這麼說。

他的特徵，就是每次講話講到最後，會像獨白一樣，變成自問自答。

「你打算跟我結婚嗎？」

如果我這麼說……

「這個嘛……嗯……我是有那個打算。畢竟得有個明確的了斷。不然這樣算什麼呢，是吧。」

他會這樣自問自答，而我有時根本聽不見語尾。

他的語尾好像總是附帶「……」，但那對我來說，不只是優柔寡斷或令人急得牙癢癢之類的問題，我總覺得主要原因好像還是因為他的頭腦好。

如果要忠於自己的心情說話，為了整理思緒，難免口齒凝滯，為了選擇最適切的言詞，會耗費一點時間——我想，應該就是這種情況吧。

我是相當站在他的立場去設想。

沒辦法。我喜歡他，所以怎麼看都覺得他好。

即便他身上彷彿無時無刻都有陰影纏繞不去，也讓我感到有種古怪的魅力。

他是我公司的前輩，不過現在已經離職了。大學時，他捲入學運紛爭導致中途輟學，做過各種行業後才來到我們公司。不過在公司也只待了二年多就離職，如今在園藝公司上班。

不過，不是那種在家坐在桌前的設計工作或是做業務當推銷員，據說是駕駛小貨車載運植物。

他整天跑外面，所以曬得很黑，臉孔黝黑得幾乎看不出真心。黝黑的臉上，總有曖昧的、誠惶誠恐的微笑波紋。

打從進公司時，我就喜歡上他。他沉默內斂又溫柔。而且很有男子氣概。從來不會陰險地耍手段。他不會把自己的失誤嫁禍給別人，也不會把別人的功勞據為己有向上司表功。他經常護著女孩子。不過，他平日很少開口，不喜歡出風頭，所以很不起眼。

也因此，課裡的女孩子唯獨把他剔除在年輕單身男同事的丈夫候選名單之外。

「不管怎麼說，畢竟那個人大學中輟，是走後門進來的，不是正式職員……」

「他好像有點上不了檯面。」

「此人另當別論。藤村先生一個人格格不入。」

「好像也沒有朋友。」

藤村先生和其他同事也不曾特別親近。總是獨來獨往。

「而且陰森森的優柔寡斷。」

也有女同事這麼批評。

我倒不這麼認為。雖然他笑起來的方式顯得有點軟弱，但我覺得他流露出非常溫柔的氣質。因為我喜歡他，所以我的朋友看不上他我更高興。

清掃的歐巴桑和公司的司機對他倒是頗有好評。紛紛誇獎他「個性溫和是個好人」。這種人所誇獎的，往往也會得到別人的肯定。我覺得，比起憧憬著理想結婚條件的女同事們和上司的評語，被歐巴桑們誇獎的他更值得信賴。

我雖然想親近他，但他好像對我沒那個意思。

我在不讓他發現的情況下，拚命在工作上幫他。女孩子只要有那個心，會非常周到、親切地打造出一個舒適的環境。我在他不知情的地方，用盡巧思為他奉獻。

雖然迷戀他，但我盡量不露出任何痕跡。我漸漸喜歡上他。我喜歡他拿起外套捲起襯衫袖子的模樣。我喜歡他與銀行的人交談的聲音。也喜歡他沉穩內斂的氣質。

連他翻收據的指尖都喜歡得為之神魂顛倒，所以很要命。

但我習慣把最美味的食物留在最後，所以我沒有告訴任何人，當然也沒向藤村先生本人表白，每天能夠與喜歡的男人一起工作，所以我很期待去上班。

雖然期待，但我從來不會黏著他。如果態度太親密，恐怕立刻會被眼尖的女同事識破。

我反而和其他的男孩子嘻嘻哈哈打成一片。也有單身的男職員向我提出交往的請求。

乍看之下，毋寧，我的舉動好像對那些人更有意。但我總是不動聲色地向他們探聽藤村先生的消息。

我就是從其中一人那裡聽說，藤村先生好像要離職。翌日，我一到公司，就立刻去他的座位，大聲說：

「早安！欸，藤村先生！」

然後我蹲低身子。

藤村先生正在看報紙。

「欸欸，我問你。」

我壓低嗓門說。

因為我做得太光明正大，所以誰也沒有注意我們這邊。

「聽說你要離職是真的嗎？」

他老實回答：

「嗯，再過兩、三天就走。」

「嗯——」

我無言了。因為事情來得太突然，這下子，我再也說不出話。

「謝謝你的種種照顧。」

他說。我還是無法回話。

那晚，他第一次對我提出邀約。去的是平價壽司店。

「這家公司，我總覺得和我的個性不合。況且事務工作我也做不來。」

「那你接下來要做什麼？」

「去園藝公司。不過是去當司機……」

「……」

「怎麼了？」

藤村先生說著，替我斟酒。

「你能喝一點吧？竹田小姐。謝謝你的種種照顧。你多保重。」

「為什麼要離職？」

我咕噥。我很落寞。

「所以我不是說了，個性不合。那種地方的人際關係，讓我有點喘不過氣。」

藤村先生喝個不停，卻絲毫沒有亂了分寸，臉色也很正常。我頭一次見到酒量這麼好的人。我們課裡舉辦員工旅遊時，我看那些男職員都是一下子就喝醉了。至於藤村先生，好像也很少看到他喝酒。

說不定，在公司看到的他，都是表面裝出來的樣子。

藤村先生在的地方，或許沉澱著他從不給任何人看的濃稠物質。那也許就是內斂的藤村先生周身環繞的，難以名狀的陰影。

「啊，不過，唯獨要和竹田小姐道別有點難過。」

他忽然說。

「我會想念你的。」

我懷疑自己的耳朵，失神地把玩小酒杯。

他再次替我斟酒。

「竹田小姐很貼心，對我很親切。我心裡都明白。」

光是這樣，我就產生一種算完帳發現帳面吻合收支平衡的生理快感。雖說要不讓他發現地偷偷奉獻，但是一板一眼的我，聽到他說「我都明白，我早就知道」，還是很高興。

「你早就知道了？」

我忍不住發出喜悅之聲。

「嗯。那當然。喜歡的女孩子對自己表達善意，立刻就會知道。」

藤村先生說著，握住我的手。好像並非酒後亂性。他也沒有假裝喝醉。

「走吧。」

他說，於是我回答：「嗯。」心情如在夢中。或許我真的魂不守舍，連絲巾都忘了拿。

是藤村先生替我拿回來的。

「我們再換一家喝。好嗎？」

「好啊。」

「如果喝到太晚，我送你回去。」

比起那個，我更想再聽一次他剛才說的話。換言之，那就是他的告白。

這種令人驚喜的話，不多聽幾遍怎麼甘心。

從南區來到北區，我們進了一家藤村先生熟知的小酒吧。一坐下來，我就催促他：

「剛才你說什麼？」

「我說，如果喝到太晚，我送你回去。」

他這次喝的是威士忌。

「前一句。」

「我說，我們再換一家喝。」

「更前一句。」

「我很感謝竹田小姐對我的照顧。」

「之後。」

「我說，買單，好像是對壽司店老闆用吼的。」

「那之前。」

「你很囉唆哪。我到底說了什麼？」

藤村先生說著裝傻。他就是死不肯說。最後我倆都笑了。

「要打電話給我喔。」

「嗯，等我安頓下來就打電話。我會寫信給你。」

他如是說，於是，我寫了地址給他。

藤村先生好像有點醉了。

「我實在受不了那種公司。」

他抱著腦袋陷入沉思。

「反正就算我不走，遲早也會被開除。公司裡都是些討厭鬼。不過，多虧有竹田小姐，我覺得還滿開心的……要是沒有竹田小姐，我想我可能更早就辭職了。」

到此為止我聽過了。重點是那個下文。

「你喜歡我？」

我試探著問。如果不逼著他說清楚會很傷腦筋。

「我其實很怕女孩子。」

他說出不相干的話題。藤村先生好像醉得很厲害，痴痴迷迷地傻笑。

「如果我說出什麼，就會被教訓，所以我不太敢開口。」

「我絕對不會教訓你，可是，我想弄清楚。」

「弄清楚什麼？」

「呃，是非黑白。」

「嗯——就取其間的黑白格紋怎麼樣？不要講得那麼明白，人這種生物，以心傳心，心知肚明不就好了？」

變得如此饒舌的藤村先生，也是我頭一次看到。到了該分手的時候，眼前這個難得一見的藤村先生，令我極感興趣。同時也有點依依不捨。

「不過，還是作出明確的判決給個痛快比較好。」

如果還能在公司見面，當然不用問清楚也行。如果是在公司能見面的關係，對我而言，反而是不問清楚更好。否則彼此打照面時都會變得很尷尬或很害羞，那就傷腦筋了。

然而，再過兩、三天，他就不會再來公司上班了。這種時候我當然想說清楚。這樣的話，事後我也比較容易整理心情。

進而，如果藤村先生說今後也希望繼續來往，那我當然也打算同意。可是藤村先生的反應是，

「嗯——總之，我會寫信。然後看到時候的狀況吧，看心情。」

他居然這麼說。

「無論何事，還是不要事先說清楚，或許會更容易運作，是吧……」

最後，變成了一種自己告誡自己的語氣。我不免想起公司女同事說過的「優柔寡斷」這個評語。

出了那裡，我們再次漫步鬧區。有種若有似無的曖昧，我很焦躁。但藤村先生頂多只是摟摟我的肩膀，甚至不肯吻我。

「你的手好冷。」

他拉起我的手，吃驚地說。

「……我累了。」

我這麼一說，藤村先生的反應是……

「那我叫計程車。」

我還以為他會提議找個地方休息一下。才覺得冷，已開始雨雪紛飛。

「哇，好冷。」

我說，他把我的手塞進自己的大衣口袋。

「快凍死了。我想找個地方暖暖身子。」

我這麼一說，藤村先生佯裝不知。

「坐車比較暖和。」

說著，朝駛來的計程車舉手。沒有一輛肯停下。由於這場雨雪，到處都有人攔計程車，所以根本沒有空車駛來。

如果去對面，倒是有好幾家應該很暖和的旅館……我用醉醺醺的腦袋思考。雖然我並沒有今晚非要和藤村先生如何如何的意思，但是保持這樣的僵局，好像還是無趣得令人失落。

我雖然沒經驗，但現在醉了，對那檔子事不再看得那麼神聖。

比起那個，更可喜的發現是，躲在藤村先生的懷中避雨時，完全沒有反感或違和感。

有些男人即使只是手肘相觸都感到很噁心，像這種人，大概就叫做天生八字不合吧。

不過，若是藤村先生，怎麼碰觸都無所謂。即使用力嗅聞他沾滿菸酒味的衣服或襯衫，醉得暈陶陶美滋滋的腦袋也只感到心曠神怡。

「那輛車如果也不停，我們就找個地方休息。」

我看著從遠方頂著雨雪駛來的車頭燈，低聲囁嚅。

車子嘩嘩濺起飛沫駛近。

我終究還是說不出「去旅館」這幾個字。

「好冷，我想去溫暖的地方。」

我只能這麼提議。

「嗯。好！」

藤村先生大剌剌地說著舉手攔車。

結果，車子停了。

在車上，我的頭靠在藤村先生肩上，美美地睡著了。喝得太醉，腦袋不太清醒，令我備感遺憾。向來一板一眼的我，居然不能睜大亮晶晶的雙眼觀察全程，仔細咀嚼這種幸福，實在太不甘心了。

然而倚著藤村先生靜靜不動也挺舒服的。不知是夢是醒，心情飄飄然猶如漫步在雲端。藤村先生現在不知是什麼表情？我微微睜眼一看，他也睏倦地半閉著眼。

然後，他打個呵欠。

接著，

「你睡吧。到了我叫你。」

他拍拍我的頭說。

他離職後，果真信守承諾寫信來了。於是，我去見他。

才短短幾天，他已曬成黑炭。

「唉，工作超辛苦。放假的日子，從一早就躺著不想起來，不過心情很爽快喔。健康多了。」

「你是不是胖了一點？」

「的確胖了。吃得飽，睡得好，只要工作到筋疲力盡就行了。」

我想著已有好一陣子沒見面，還特地穿了綴滿荷葉邊、很花俏、很可愛的衣服盛裝打扮赴約。藤村先生穿皮夾克白毛衣，底下是看起來已經穿得變形的長褲，一派悠閒。

笑得誠惶誠恐、看似溫柔的笑容也很迷人。

「我出門時已經向家人報備過，今晚會晚歸。甚至在外頭過夜也行喔。」

我邊喝酒邊這麼一說，藤村先生好像愣住了。

然後，他不再溫吞，好像變得毛毛躁躁慌慌張張，

「那我們也差不多該回去了吧。否則太晚了。」

他說。

我幾乎快氣炸了。藤村先生討厭我嗎？既然如此，又何必寫信打電話給我？

嘴上親熱地喊我「小薰」，還寫信給我，二人在一起時也會交談，可當我抱著那種準備出來赴約，卻總是什麼也沒發生就這麼回家了。

星期天難得二人都休假，所以我們說好了，早點出門去玩。我和父母同住，所以事實上，如果真的徹夜不歸會很麻煩，但我還是假借學校朋友的名義說：

「說不定，我會在美由子那裡過夜。」

之前我也這麼報備過三、四次，但每次十一點就已返家，所以已得到我媽的信任。這天我也是借用美由子的名義。該打點的都打點好了。準備萬全。

他說會在五點左右過來，所以我打算中午過後就去做頭髮。頭髮跟雞窩

似的亂七八糟。至於化妝，四點再開始也不遲。

我挑選要穿的衣服，仔細熨燙。

皮包裡，連盥洗用具都放了。因為我怕說不定要洗澡。有種臉紅心跳的刺激。女人的道具就是多，於是我改變主意，裝進大包包。連小內褲都塞進包裡了。但願一切進行順利。

我像要去旅行似地把東西拿進拿出，卯足勁塞滿包包後，這時，

「嗨。我稍微提早了一點。」

藤村先生居然意外出現了。

「那個，我晚上要工作，所以我們現在就去玩吧？雖然有點冷，不過天氣挺好的。我借了公司的車子。是麵包車，我們去附近兜兜風吧？」

我頭也沒梳，妝也沒化，什麼都沒準備。腆著油光滿面的素顏乾站著。怎麼可以不在說好的時間、按照說好的步驟來。

「你幹嘛這樣跑來都不通知一聲！」

我說。

「為什麼老是自作主張。我也有我的時間安排……」

「……」

藤村先生嚇到了。

「大中午的怎麼好意思在旅館那邊走來走去！」

藤村先生好像完全無法理解我在說什麼。而我，也沒發覺自己脫口說了什麼。守規矩的我，滿腦子只想著要一板一眼地執行我的計畫。

下雨的加班夜

傍晚開始風雨交加。是那種傾盆大雨。

這種日子留下來加班，真的很沮喪。

大概要耗到八點吧。沒法子。

只好打電話叫一份蓬萊軒的炒麵。

直到剛才，明天要出差的大野先生和組長都還在。他們在討論工作。

但是，不久前他們結束了討論。

「那就這樣，不好意思，一切拜託你了。我們先走了……」就這麼一走了之。

我必須在今晚之內備妥大野先生明日出差所需的一應資料文件。如果是像往常一樣的定期出差，當然會在兩三天之前準備好（我自認是個能幹的粉領族），可這次事出突然。

「對不起。小齊，小心別被老鼠拖走囉。」

組長也一臉同情。

「我可不是那麼沒用的弱女子。」

我這麼一說，男士們大笑離去。

本來就是嘛，這六年來，身為一個二十五歲的資深粉領族，獨自留在公司加班已經不稀奇了。況且……不知怎地，工作總是一窩蜂找上我。

年輕的女同事好像私下批評我：

「能幹的人很吃虧。只會把自己累得半死。她還自以為對公司有貢獻，結果被使喚去做別人的雙倍工作，簡直笨死了。」

或許的確是吧，但，想好好工作是我的習慣，所以沒辦法。

叫我敷衍了事，我做不到。

況且工作本身我也並不討厭。密密麻麻填滿數字和國字，打算盤，這些我都愛。

我也喜歡博得課裡男同事的喜愛，聽他們讚美：

「小齊的字真好看。」

「看起來特別清楚。」

不知為何打從我進公司時，就因為我姓齊藤被大家稱為小齊。不這麼喊的，只有組長及課長，但是有時忙昏了頭，課長也會脫口喊我小齊。

雖不討厭工作，但在燈火通明的辦公室獨自工作還是很沒勁，感覺有點空虛。二個在走廊盡頭的總務部下圍棋，預定下個月退休的長官，臨走時，推開我們營業課的門，說：

「噢，小齊，又在加班啊？」

「對——我最愛的加班——！」

「你可真有活力。」

「至少得大聲替自己打打氣否則誰受得了。」

「這樣啊，好吧，那你好好賺加班費。」

「謝謝長官。」

二人走後，又是一片死寂。只有我撥算盤珠子劈哩啪啦的聲音。

上廁所回來時我嚇了一跳，是岸邊順子。我還以為她早就下班了。她穿著大衣做好下班的準備，正從窗口俯視雨中街景。

「奇怪了，你怎麼還沒走？」

「雨下得好大。千葉君還沒回來呢……」

她說得憂心忡忡。

千葉君是順子的愛人。不過，只是順子單方面迷戀他，把他當成愛人，至於千葉君是怎麼想就不得而知了。他是個討喜、快活的青年，在營業課內得到的評價是很幹練，但他其實比我和順子還小二歲，今年才二十三。

「他會去哪了呢？這麼大的雨……他還在感冒呢。」

順子簡直像是在等待新婚丈夫的小妻子。

她傻得連我都看不下去了。沒有一個女同事不知道順子迷戀千葉君，現在，就連課裡的男同事好像也都知道了。

「你到底有完沒完！」

我朝順子的背影怒吼。

「人家早就下班了吧？直接回家——」

營業課的男同事，早上像工蜂一樣奔向四面八方，傍晚再一隻隻各自回巢。不過，如果跑得遠的人，有時不會再回公司就直接回家。

「不。中午他打過電話給課長，好像說要去堺工廠然後再回公司。所以他應該會回來……」

順子對千葉君的動靜瞭如指掌。

連他打給課長的電話，順子似乎都會一一留意。大概是一聽到千葉君打回來的電話就豎起耳朵吧。

真不曉得她是來公司幹嘛的，一定是為了與千葉君相遇吧。能夠遇上如此迷戀的對象，好像挺值得羨慕。

千葉君是個爽朗的青年，但我絕對無法像順子一樣全心迷戀他。首先，比我小的男孩子打從一開始就不被我列入考慮。

「我還想等他回來替他泡杯熱茶，所以一直燒著開水呢。」

順子憂心忡忡地說。

「既然有現成的熱開水，那麻煩你替被迫加班的可憐人小齊泡杯茶。」

我說。順子一臉認真。

「我不能替你泡茶。你何不自己去泡？」

「你就是這樣對待朋友的？」

「那當然。我現在，滿心都是千葉君。只要稍微動一下，就會溢出來。他該不會是出車禍了吧？我該打電話去千葉君的家裡問問看嗎？你覺得呢？」

順子說得非常認真。如果是開玩笑還有救，但她年紀不小還這麼認真，害我都不知該作出什麼表情才好。

「隨便你。」

我已對她絕望了。順子本來是個腳踏實地、很有品味的女孩，可一旦犯傻就會厚著臉皮講出這種話。

我暗自思忖。

會令人厚著臉皮犯傻的愛情，至少，已經不適合二十五歲肌膚狀況開始走下坡的女人了。二十五歲女人的愛情，應該更瀟灑、更乾脆才對。

順子明明是很聰明有品味的人，現在卻好像有點鬼迷心竅。

或許那有點近似年輕女孩私下嘲笑的「老女人更癡情」。

課裡的男同事經常在公司辦公桌下面的抽屜擺毛巾或梳子（因為置物櫃太狹小），順子會替他洗毛巾晾在茶水間，或是替他整理置物櫃，招來大家蹙眉。

有時候，她還會利用午休時間替千葉君搓洗襯衫（是他放在置物櫃裡的），掛在衣架上晾乾。

「哎喲，有男朋友真辛苦啊，午休時間都不能休息。」

還被男同事如此揶揄。

而且，千葉君一打電話回公司，她就會像極度敏感、膽小的草食動物抬起頭豎直耳朵。

營業課員經常從外面打電話回來，報告工作經過或等候進一步指示。

「千葉。」

只要稍微聽到這樣的聲音，順子就會立刻看過去。

然後，接電話的男孩子會故意惡作劇，對電話那頭的千葉君說：

「你等一下，有人要跟你說話。」

再對順子說：

「電話！千葉打來的。」

順子不知別人是在耍她，急忙去接電話。我不知道千葉君講了什麼，但順子看起來很高興。身為她的朋友實在不忍卒睹。

我很想閉上眼睛。

上次更過分。千葉君的襯衫肩膀裂開，順子就用午休時間硬是幫他縫補。縫好之後，她沒有用剪刀剪線，竟然把臉湊近直接用牙齒咬斷。

當時有三、四個男人在場，女孩子也都或遠或近地旁觀。等於是在公眾場所公然做出猥褻行為。

千葉君困擾地一再表示：

「可以了，不用管我了。反正我會穿上西裝外套。」

「沒關係啦，如果不趕快縫補，會裂得更大喔。」

順子還是硬要縫補。千葉君看起來也有幾分得意，卻還是擺出困擾的神色，微微脹紅了臉。

順子癡迷地望著千葉君這樣的神情，感覺上，她現在好像已經無暇顧及其他人的感想了。

結果，順子遭到前輩澤野小姐警告。澤野小姐在女同事當中是最年長的資深老小姐。

「當著眾人的面做那種事不合禮儀喔。」

澤野小姐說。

「會嗎？我又沒有做什麼露骨的行為。」

順子邊塗口紅邊對著窗戶說。

「可是最好不要把黏糊糊的私人感情帶進職場。」

「戀愛是個人自由吧。」

「如果是正當戀愛就該遵守禮儀，贏得他人的好感，得到祝福才對。」

「哼。戀愛還得講規則？」

「你的戀愛簡直像兒戲，我問你，你不是以結婚為前提談戀愛嗎？」

「我根本沒考慮結婚的問題。」

「我想也是，你把結婚和戀愛當成兩碼事吧？你認為結婚毫無意義吧？」

「對呀，我看不出結婚有任何意義。」

順子索性挑明了說。

「你終於招認了，我就是想聽你說出這句。」

澤野小姐得意洋洋地說。真是奇妙的人。澤野小姐咄咄逼人的語氣令我感到非比尋常。說不定，那是女人的妒意。

「我跟你們不同，拜託別把我跟那種一提到結婚就激動得打嗝，連眼神都變了的笨蛋混為一談。」

順子大剌剌地說。

「我只不過是喜歡千葉君罷了，我迷戀千葉君，如此而已。」

「噢？」

澤野小姐目瞪口呆。

「這樣子嗎？」

她抱以苦笑。澤野小姐戴著像酒瓶底似的重度近視眼鏡，因此順子事後毒舌：

「腦筋不清楚的臭四眼田雞！像她那種發霉的老姑婆，怎麼會懂愛情。」

順子本來不是那麼毒舌的女孩。

而她在舌戰群英時明明如此雄赳赳氣昂昂，在千葉君面前卻怯生生地像個小媳婦。有時我和順子一起下班都走到地下鐵車站了，她卻不肯上電車。

「你幹嘛不上車？」

她會說：

「我要在這裡等。他應該剛出公司，所以我想他馬上就會來。」

即使千葉君會來，搭乘的電車也是反方向，雖然是同一個月台，但只為了互相說一聲「啊，明天見」，順子就要為此等上幾十分鐘。

但在我看來，千葉君好像只是把順子當成開玩笑的對象。千葉君剛剛適應工作與公司，正是樣樣都新鮮有趣的時候，對他來說和男孩子廝混好像比和女孩交往更有意思——

有人找他去喝酒或打麻將時他似乎很高興，對於順子，大概是因為被大家調侃，所以頂多只當作是提供有趣話題的材料吧。

「順子，既然你這麼喜歡他，就該更積極地採取實際攻勢才行。」

我這麼一說，看似強悍的順子立時羞紅了臉，

「我不知道該怎麼做。不過沒關係。為他莫名地忐忑不安，想著今天他對我說了一句話或是打過電話回來，光是這樣就足夠了。」

「是是是，別秀恩愛了。」

我雖非澤野小姐，卻也同樣對順子束手無策。千葉君很聰明，身材修長，是個敏捷的青年，我也承認他的確有一定的魅力，但我不會像順子那樣瘋狂，所以我倒是很坦然地與千葉君相處。

「他應該沒帶傘，你說……」

順子還在絮絮叨叨。

「他會不會淋成落湯雞回來？」

「都這麼晚了，他不會回公司了啦，他知道大家都下班了。」

我說。

順子好像終於下定決心，繫緊大衣的腰帶走到我身旁，

「欸，小齊。」

「幹嘛？」

「我想拜託你一件事。他如果回來了，你幫我泡茶給他喝好嗎？」

「是是是。」

我嗤鼻一笑。

「要用滾水泡茶免得他感冒。他喜歡喝『熱湯玉露』，我帶來了。」

順子像對待珠寶容器似的，從自己的桌子抽屜小心翼翼取出一個小茶罐。

「用這個，罐子裡有茶杓，舀一匙半就好。一定要用沸騰的滾水喔。茶杯在那邊，我已經洗好了。」

「是。」

「他萬一著涼就不好了。他很容易鬧肚子。即便是盛夏，他也愛喝熱

茶。」

「行了。」

我皺起臉揮手。

順子現在，好像是乾脆一不做二不休，

「那個，你可以告訴他是我拜託你的。你就說，因為我本來說好要替他泡茶……然後，他知道之後是什麼反應，你幫我問問看。」

「太可笑了。那樣只會讓我像傻瓜，我不幹。」

我斷然拒絕。

順子還傻呼呼地以為我在開玩笑。鍥而不捨地說：

「別這麼無情嘛，你一定要泡茶，然後對他說說看喔。」

「不要。我很忙，沒那種閒工夫。」

順子露出很沒面子的表情……

「再見。」

她垂頭喪氣地走了。

「再見。」

我已經哭笑不得說不出話了。厚臉皮也該有個限度。順子的外貌條件不錯，算得上是美女，工作也處理得恰如其分，為什麼會變得那麼離譜，真是不可思議。

我埋頭專心工作。

門開了，我以為是蓬萊軒送外賣來，頓時感到飢餓，轉頭一看，是千葉君。

「你回來了。」

他說外面風狂雨驟。渾身都濕透了。

「小齊，你加班？」

「對。你在公司附近沒遇到岸邊小姐？」

「沒有。」

「她直到剛才還在等你。」

千葉君對此不予置評。

「嗚——冷死了冷死了，我快凍僵了。」

說著，他去置物櫃拿衣服換下濕衣服。其間，我打電話給蓬萊軒又追加了一碗拉麵。因為我想千葉君一定想來碗熱騰騰的拉麵。

看到千葉君淋成落湯雞，臉色蒼白筋疲力盡的模樣，雖然我之前對順子說得不留情面，終究還是覺得他有點可憐，忍不住想替他倒杯熱茶。而且看千葉君的樣子，應該不是蹺班去打麻將才這麼晚回來。是那種忙於工作的神情。

「謝了。真好喝。」

他欣然接下熱茶啜飲。然後開始抱怨把他拖到這麼晚的某某工業公司或某某精機公司。

他用純白的毛巾擦拭濕髮（那條毛巾，是順子泡過漂白水仔細清洗晾乾的），千葉君好像累得連話都不想多說。

我的工作大致完成於是開始收拾。

「小齊真勤快……」

千葉君像要慰勞我似地說。

「啊，千葉君才是。」

「公司派下的工作，做到馬馬虎虎可以交差就行了。」

「我也這麼想，但能者多勞，工作就是會自動找上門，彼此應該都是吧？」

「沒錯。」

這時，熟悉的蓬萊軒外賣小弟說聲「您好」拎著外賣箱抵達了。在千葉君的面前放下熱呼呼的拉麵後，

「你真體貼……謝了！」

千葉君開心得差點跳起來。

「是順子拜託我的。」

我特地聲明。

「少來了。那丫頭才沒有這麼細心。」

「哎喲哎喲。」

「怎麼了？」

「你喊她『那丫頭』。原來你們交情這麼好啊。」

「被你發現了？」

千葉君津津有味地吃拉麵。

我也開始吃炒麵。

這麼美味、愉快的一餐，是近來首見。

「順子或許還在地下鐵等你喔。」

「那我改搭公車回去。」

千葉君近看其實是相當風流瀟灑的美男子。而且講話直截了當乾脆俐落。

「真受不了順子。那丫頭，搞不好過兩天就要幻想自己懷孕了。」

他大剌剌說出這種話。

「幻想懷孕啊。但是把她逼到那種地步是男方的錯吧？」

「也許吧。男人最怕的就是漸漸造成負擔或是黏著不放的女人。再加上，女人如果自作主張非要鑽牛角尖，一廂情願地被愛沖昏頭，那簡直是災難。

會很累。」

營業課的男孩子，即便再怎麼年輕，也會效法前輩為了做生意講得一口流利的大阪腔。千葉君也用得很嫻熟。

「被女人依賴，男人應該很高興才對吧？」

「嗯——起初是啦。剛開始還好，但是漸漸的會變得很累。順子起先也很好。就像是……這個嘛，就像小齊一樣爽快，可愛，體貼周到，人格圓滿，常識發達……沒想到一轉眼就變了。女人真可怕。」

千葉君稀哩呼嚕把拉麵的湯喝得一滴不剩。想必是真的很好吃吧。

「她現在在公司裡黏著我不放，變得像個色情狂，害我還被組長陰陽怪氣地諷刺，像順子那樣，已經犯規了。真是受不了。」

千葉君的說法我也頗能體會。

公司裡的男性世界，好像比女性世界更嚴苛，大家對順子已經看不下去了，所以對千葉君想必也頗多責難吧，我有點同情他了。

「以前，她就像小齊一樣。」

千葉君又說。

「不過小齊很勤快。我喜歡認真勤快的女孩子。但是澤野小姐不知怎地讓我有點怕怕的……我最喜歡的還是小齊。個性爽朗又親切又可愛，這是我最喜歡的地方。如果是小齊，肯定不會老是黏糊糊得像膠水一樣。」

「那可難說喔。不到那時候誰也說不準，我好歹也是女人。」

「嗯——會嗎？可是，老實說，像小齊這個年紀的女人我最喜歡。我有個大我二歲的姊姊。感情很要好。或也因此，我覺得比我大一兩歲的女人最理想。」

「去死啦！你這個姊姊殺手。」

千葉君放聲大笑。

「我超喜歡小齊這種反應。也喜歡小齊的長相。哪裡都喜歡。」

千葉君說著，握緊我的手。

「小齊寫的字也好可愛。講電話的聲音也好好聽——這種東西，二十一、二歲的年輕女孩絕對沒法子表現出來……要散發出那種難以言喻的誘人風情，必須過了二十五歲……」

千葉君握緊我的手。

「你的工作做完了？」

「嗯。」

「要不要去喝一杯？你累了？」

「不會。」

千葉君的眼睛很黑很亮，很淘氣，是靈活生動的眼睛，無論是那種恰到好處的口才，或是誇獎女人的方式，他無不得心應手運用自如。

我現在，雖然不會做替千葉君洗毛巾那種惹眼的事，但私底下，我倆變得很親密。千葉君說過他討厭女人黏著不放，所以為了不變成那樣，我拚命讓自己活潑爽朗。

但是，我漸漸真的喜歡上千葉君了。

每天，我都在想著他。

一聽到有人喊「千葉」，我就會像膽小的草食動物朝那邊偷窺。他出公差晚歸時，我會留下來等他以便替他倒杯熱茶，叫一碗外賣拉麵。

我不會像順子那樣當眾做出引人注目的行為，但我忍不住在地下鐵月台以目光追逐千葉君的身影。只為了向他說一聲「再見」。

我不安地預感到，那個下雨的加班夜那種無憂無慮、愉快自在的美好氣氛，恐怕再不復返。愛情這種東西，或許在誕生之前最美好。

愚人節

今天，阿清好像有點感冒。他的身體發熱，還咳嗽。

「你這樣能出差嗎？」

我擔心地說。

「嗯——。應該還好吧。」

阿清語帶徬徨。

營業課內，負責四國與九州地區業務的人出差時間特別長。慘的時候甚至得出門十天。阿清負責的是四國地區。

「搞不好我會在外地猝然倒下，光榮殉職。」

他說，

「那就是社葬囉。到時候應該會由荒井課長代表致辭悼唁吧。」

我一本正經地穿上緊身內褲。

「喂喂喂，事不關己就講風涼話。如果我真的死翹翹，你將來會良心不安喔——在都市陣亡還好，如果是在偏僻的鄉下突然掛了，連最後一面都見不到。也沒人看護，一個人淒涼地嚥下最後一口氣……不過，那樣倒也灑脱就是了。」

阿清說。

灑脫個鬼啦。

阿清周圍總是有很多人，最喜歡熱鬧喳呼，所以不可能發生那種事。怕寂寞愛撒嬌的他，一點小事就誇張地鬼吼鬼叫，想必絕對不可能有「沒人看護」那種事。

「快點穿上衣服。光著更容易感冒。即便現在已是春天。」

我提醒還賴在床上抽菸的阿清。

「嗯。」

他這才起床，拿起搭在椅子上的內衣，匆匆忙忙穿衣服，一邊隨口說：

「啊，今天你先幫我墊錢。」

「天啊，大財主居然來這招。」

「大財主出去從來不帶錢。因為有小跟班付帳。」

「小心我揍你喔。」

我這麼一說，阿清大笑。

「等我出差回來就還給你。」

「算了。今天我付就行了。」

我心情極佳地說。反正這個月的零用錢還有剩，而且之前一直都是阿清付錢。

關於男女之間的交往，雖然有很多女孩子認為每次都由男人買單是天經地義，但我不敢苟同。

若是已經論及婚嫁那還好說，如果不是那樣，而是日後遲早會與男人翻臉鬧分手，或者其實沒啥感情，只是想吃大餐或想去旅行所以才利用男人，這種情況完全等於吃白食。

不管被帶去多好的地方，我都不可能遲鈍到和沒興趣的男人長時間相處。況且，我也不是那種只想盡可能利用男人的壞女人。

所以去吃飯去喝酒，都只限於跟我喜歡的男人。

我一直是採取這個方針。因此，付錢也是各出一半，即使男人說不用，我還是會硬要付。

前年，阿清進入我們公司。

我比阿清大四歲，但我和這個敦厚溫和的男人好像特別聊得來。不知不覺，就變得經常和阿清往來。

二人一起去吃關東煮，去酒吧，去燒肉店，久而久之，我也開始對等地付帳。

仔細想想，我沒有只讓男人出錢，或許是因為每次都是我比較年長。我並非偏愛姊弟戀，但我沒機會和已婚人士交往，自然變成如此。即便就薪水的數字考量，我也覺得「不能做卑鄙的虧心事。」

換言之，那大概是因為我很摳（也就是小氣）。會介意被人說小氣的人，本質上，通常都很小氣。

我把錢看得很重要。活到二十八歲，我也漸漸明白金錢就是女人防身的武器。我和爸媽一起住，所以我會補貼爸媽飯錢，自己也在存錢。

但正因為把錢看得重要，與男人來往時，我也會一板一眼地付錢。因為看重自己的錢，所以也看重對方的錢。

因此，和阿清出去玩時我也經常付錢。

阿清有個脱離時代的名字。以前，本來是很常見的「清」這個名字。

然而去年他父親過世，阿清承襲了太郎左衛門這個名字。

阿清家，是兵庫縣瀨戶內海沿岸N市近郊的舊日世族。代代家主都會承襲太郎左衛門這個名字，阿清是第十四代。所以現在，他的全名成了蛭子太郎左衛門這個貴氣逼人的名字。蛭子這個姓氏也很不可思議。至於名字，幾百年前就已出現在N市的市史及地方史。

因為名字稀奇，他成了公司的人氣王，不過基本上，他本就善良溫厚，是個好人，所以受到大家喜愛。

通常大家喊他「蛭子先生」，課長喊他「蛭子君」，女孩子及同事則喊他「蛭神」或「太郎左衛門老弟」調侃他。

喊他「蛭神」，是因為大阪的十日戎（註：在一月十日，及前後的九日、十一日舉行的戎社祭典，祭拜戎神（惠比壽神）以求生意興隆。戎（Ebisu）與蛭子

（Ebisu）同音共有此戲稱。）祭典俗稱為「戎神」。

他的名片上印刷著「蛭子太郎左衛門」，因此客戶總是覺得有趣，立刻就記住他。

如果問他：「改成這個名字你不排斥？」

他會說：「雖然不喜歡，但也沒辦法。」好像並沒有為此耿耿於懷。他會有這種反應，大概是因為祖先代代就這麼交代下來吧。

「我家的分支還有一戶代代都叫做與左衛門，家主死得早，所以念小學的兒子就成了與左衛門。」

「好可憐的與左衛門。」

「我家也是，如果有了兒子，假設我早死，三、四歲的小朋友就得變成太郎左衛門。」

我倆獨處時，有時會聊起這種話題。我和阿清，感覺上是順理成章走到這一步，變成這樣理所當然，就此成了擬似情侶的關係。

去吃飯時我經常付錢成了習慣，有時連去賓館也是我付錢。

阿清在大學時交過一個女友，除此之外，據說我是他的第一個女人。

「『除此之外』？為什麼要除此之外？」

「不是啦，因為當時雙方都很生疏，雖然睡了卻就是無法成事。」

他率直地，鉅細靡遺地描述當時「無法成事」的狀態。與其說他不撒謊，看起來更像是不明白為何要撒謊、該怎樣才能撒謊。

這方面，他和一般男人稍有不同。

「就狀態而言是可能的，而且，在知識方面多少也有一些，但就是不知實際做法所以磨磨蹭蹭不得其門而入，唉，簡直傷透腦筋。我心想這算什麼，發狠研究到下一次上床時，可是臨到緊要關頭還是磨磨蹭蹭，女孩子也遺憾地猛嘆氣……」

他的態度太光明磊落，感覺毫不含蓄，就這麼溫吞地敍述。

阿清變成太郎左衛門後也絲毫未變。他是個虎背熊腰的壯漢，可是又怕冷又怕熱，臉頰肉嘟嘟的有張娃娃臉。雖然有副大塊頭，寫字卻細小如米粒，看都看不清楚。我還看得清，但課長每次看他的出差報告都要苦惱半天。

「這寫的什麼啊……」

說著，定定瞪著紙面，坐在旁邊桌子的我只好流暢地念給課長聽，

「應該是這樣吧？」

「怎麼，和田小姐，這種字虧你看得懂。」

課長很驚訝，我以為和阿清的關係被識破暗自緊張了一下，

「呵呵，眼力不同，是眼力。」

我找藉口敷衍，課長最近才換了度數更深的老花眼鏡，苦笑著說，

「別把我當成老頭子好唄。」

到了這把年紀，唬弄別人對我來說易如反掌。

阿清頗受公司女孩子歡迎，好像也有女孩子相當積極地主動追求。不過，

阿清似乎沒有特別為誰心動過。

「與和田小姐在一起，我最安心自在。」

他沒有死要面子也沒有裝腔作勢地對我說。

喜歡或愛這種字眼，從未在我倆之間出現。不，「喜歡」或許出現過，

但那是「我喜歡吃牛排」的那種「喜歡」的用法。

他在公司不會和我態度親暱。

那不是基於處世之道，也不是對我的體貼，純粹是因為怕被我罵。

「在公司不准跟我嘻皮笑臉。」

我這麼告誡過他，因此他拖長聲調說：

「我知道啦——。」

可是，如果在走廊或電梯無人之處偶然相遇，他會突然誇張地傻笑。那種笑法太沒有戒心，所以我很不安，頓時板起臉。

「和田小姐。看我這邊。」

阿清小聲說，如果我還是佯裝不知不肯理睬他，阿清就會笑著，心平氣和地用他那大如熊掌的爪子按在我頭上，把我的頭髮搓揉得亂七八糟。因為他比我高了足足二十公分。

「你幹嘛假正經。」

他會戳我的額頭，或是把手從我的領口伸進去，高頭大馬的他可以想出太多花招捉弄我。

阿清雖然不會亂花錢，零用錢卻總是一下就用光了。一點也不像有錢人。

「我才不是有錢人。我家就我們母子倆相依為命，靠我的薪水勉強生活。我窮得很。」

他家在戰爭結束前肯定還是大地主，但是現在，幾乎已失去一切，據說只剩下老房子和一點點家當。但好歹是嫡系本家，因此每到正月新年，搖搖欲墜的家中會一下子聚集全族二、三十個男人，阿清必須坐在上座，穿上傳統的日式大掛接受大家拜年。

有時，他會說到不可思議的話題。記得有一次，我倆去吃飯。正逢季節，因此桌上有一道香椿味噌烤豆腐。

阿清不吃味噌烤豆腐。

「在我家，不許吃那個。」

「為什麼？」

「因為祖先有人是在吃味噌烤豆腐時被人從後面一槍穿心，成了串烤豆腐。」

「天啊。」

「從此，子子孫孫都不准吃那個。這是家訓。」

「這麼好吃的東西也不能吃？」

「到底好不好吃，我沒吃過所以不知道。」

後來「家訓」這個名詞就在我們之間流行起來。

「家訓規定，必須親吻這裡。」

阿清會這麼說著，把臉埋在我肚子上。

「家訓規定，不准做這種行為。」

我被他弄得很癢，不禁尖叫著哈哈大笑。

他愈來愈可愛，愈來愈討我喜歡。

但我倆都沒有提起結婚這碼事。

我壓根無意和這種家有祖傳「家訓」，過年還有一族二十個男人齊聚一堂集體拜年，承襲第十四代蛭子太郎左衛門之名的世家大族的長子結婚。反正，對方應該也不打算和一個父親只是普通上班族，家裡沒有家訓也沒有祖譜的女孩子結婚。

不過，等他將來和某人結婚時，我想他這次應該不會再磨磨蹭蹭不得其門而入了。他現在技巧相當熟練。不僅熟練，甚至比我更有突飛猛進的進步，

「擺這個姿勢吧……」

「不，這樣試試看吧。」

他如此天真爛漫地一回生二回熟。我的各種抵抗，被他輕易封鎖，以男人的威嚴引導我。他變得相當有男子氣概，相當牢靠。雖說如此……

我還是不打算找個像他一樣的小弟弟結婚。這麼愛撒嬌，簡直拿他沒轍。我如是想。

他不是足以讓我吐露心事的信賴對象。如果把我的心事告訴他，他會很可憐。

所以在阿清出差前，我隻字未提。出差前，我們總是會去賓館。

「那麼，我走了。」

完成只屬於我倆的道別儀式之後，阿清才會心滿意足地啟程。

所以今天也是如此。

「你下星期六回來是吧，路上小心。」

我說，沒有說出我的「心事」增添阿清的負擔。阿清一無所知，只顧著擔心自己的感冒。

午休時我已經先翻電話簿查過了，但畢竟是去陌生的區域，找地方就費了老半天功夫。路愈走愈冷清，就在我起意放棄打算掉頭離開時，終於發現那個招牌。

那是一間我壓根沒聽說過的婦產科診所，我是根據「從未去過的區域」以及「女醫生」這二個條件，從電話簿裡篩選出來的。候診室簡陋昏暗，卻有種三流小診所特有的隨和，我覺得很好。

等了很久才被叫進診療室。醫生年約四十四、五歲，身材嬌小膚色白皙，與其稱為女醫生，感覺更像商店老闆娘一樣爽朗隨和。

「有什麼問題嗎？」

女醫生轉動椅子，輕鬆地問。

「呃——我那個有點晚了。」

「嗯嗯，最後一次是什麼時候？通常幾天？」

醫生問得很具體。對方公事公辦地直接詢問，因此我只要照實回答即可。起初我本來打算化名求診，但醫生問得太輕鬆隨意，我忍不住脫口說出真實姓名。

診療室很溫暖，但地板鋪的是瓷磚。醜陋的老小姐（我認為是）助手柔聲作出種種指示：

「腰請再下來一點好嗎……請再上去一點好嗎？請把雙腿張開一下好嗎？」

我一一照辦。如果不把女性的羞恥心拋到一邊暫時忘記絕對沒勇氣爬上這種椅子，但助手的遣詞用字和醫生的遣詞用字太不協調所以反而好笑。

況且，當我自己在心裡說「這種姿勢，就家訓而言我真的做不到」，簡直愈想愈好笑，很想告訴阿清和他一起笑。不過，也許我只是藉著拚命想那種念頭來忍耐。

醫生毫不扭捏地用熱水嘩啦嘩啦清洗，在我肚子上按來按去後（那種手勢和做法，也與醫生不拘小節的說話方式有一貫的風格）。

「你懷孕了。」

她非常簡單地說。

回到開著煤油爐的診療室，醫生問：

「怎麼樣？要生下來嗎？」

那種說話方式令人想到，八成有很多人都說不要生。

不知是否因為這個緣故，我脫口說：

「我不知道吔。」

這種說話方式聽起來，考慮要不要買一副手套時的猶豫恐怕都比這時來得慎重。

醫生在病歷表上寫了些字，把筆一扔，格格笑了起來。

「就年齡而言，我會建議你最好生下來……」

醫生像男人一樣動作豪邁地抽菸。然後看一眼用圖釘釘在牆上的全年月曆，說出預產期。

如果一切正常，會在今年冬天生產。媽呀。別開玩笑了。聽到什麼預產期，我忽然回到現實。要不要生都還沒決定，就聽到預產期，有沒有搞錯啊。我在心中說。

回程，我為自己買了十支紅色帶白斑的鬱金香。或許心情果然不正常，有點浮躁。可能有點類似所謂的亢奮。

雖然我自知一把年紀了這樣很丟人，卻還是不禁毛毛躁躁。好像是比喜悅更棘手、更沉重的感覺，但是並沒有恐懼或悔恨、絕望。就像一個人獨自用舌尖品味，只能說是小小的心情波動。

該怎麼辦呢？

你希望我怎麼做呢？

我試著問還在遙遠某處的「預產期」寶寶。

「你幹嘛買鬱金香回來？」

回到家，我媽瞪圓眼睛問。我沒有學插花，也從無買花的習慣。倒是我媽有時會很珍惜地買個兩、三朵回來。

「因為我真心感到，春天到了。」

我把鬱金香隨手拋進白色琺瑯材質的大壺。這麼單純的花，還是用單純的容器比較好。

真的好像只有那塊地方春意盎然。

背叛爸媽和妹妹這些善良的家人，雖然令心情有點烏雲密布之感，不過，把臉孔埋進紅底白斑的鬱金香，就無法按捺緊張亢奮的心情。

——實際上今後的立場會變得有點艱難。現在的生活，安定的生活，將會天翻地覆。我真有那樣的勇氣嗎？我好像有點事不關己的漠然。

阿清是在四月的第一個週六回來的。他在上午回到公司，但他忙著討論和報告，到了大家下班的時間還在。他在和課長講話，我也不方便等他，所以自己先行離開公司。

我在地下鐵的月台等電車時，

「真是的，稍微等我一下會怎樣……」

阿清氣喘吁吁地跑來了。

電車爆滿，但阿清還是硬把我推上車。

「我一直夢到和田小姐……」

「噢。」

「是真的。我想也許是發燒的關係，我夢到和田小姐一臉沮喪。害我很擔心。該被擔心的人明明是我。明明是我感冒受盡折磨。」

電車轟隆隆駛向梅田。

「你都不說要來探病嗎？」

阿清趁著電車爆滿，若無其事地偷摸我的屁股。我小聲說：

「色狼。」

拿眼神制止他。

「如果跟我一起吃飯我就停手。」

「好。」

「陪我到晚上？」

「好。」

車抵梅田，阿清這才離開我的身體。許是出差期間感冒已經康復，他非常有精神地哼著歌走上車站的階梯。站內正在施工，吵得刺耳。我在二人面對面說話時不想說，但這種時候好像比較說得出口，於是我邊走上階梯，邊在阿清的耳邊說：

「我有了。」

「對呀，馬馬虎虎吧。」

阿清牛頭不對馬嘴地回答。顯然是誤以為我在問他的銷售業績。因為出差回來的人經常會說這趟出去做業績有沒有達成預定目標。

「不是啦，是我，有了。」

「有了？」

「比較複雜的那個有了。」

「複雜的？你該不會是說，那個？」

阿清簡直像在看奇珍異獸般看著我。我認真說：

「對。小、寶、寶。」

阿清不吭聲了。眼前已是一路通往鬧區的地下街。

阿清不知該往哪兒走，腦筋混亂地呆立在人潮中。

我莞爾一笑。

「今天是什麼日子，你知道嗎？」

我對阿清這麼一說，他頓時咧嘴傻笑，

「又來了又來了……搞了半天，是愚人節啊。和田小姐你真的很有趣。唉，我服了，我服了。」

「你剛才有一瞬間嚇到了吧？」

「的確！哈哈哈！」

「你果然上當了。」

我們走進賣鍋燒飯的飯館吃午餐。我叫阿清講四國的事情給我聽。阿清在我面前，無論是工作或女人身體的話題，一律用同樣的調子暢所欲言。一起跑業務的同事老奸巨猾，紛紛把累人的工作推給阿清，他都會對我訴委屈似地述說。

「某某人做出這種事吔。」

「某某人講了這種話吔。」

那令我聯想到一個跑回家向母親訴說委屈的小男生。我不免暗想，阿清家族的那個小學生與左衛門，也會做這種事嗎？

開開心心吃完晚飯，之後阿清就想直接上賓館，但我說天色還早，況且我也累了，就在私鐵車站跟他說拜拜。

不知怎地，最近我變成謙虛的乖女兒，不是忙著料理晚餐就是守著洗衣機洗衣服。因為有太多事情必須思考，所以表面上變得格外無憂無慮，嘻嘻哈哈，大大咧咧。

我在思考的時候，並未把阿清計算在內。因為那樣他太可憐……

這天，我和妹妹們沒完沒了地聊天，坦然無事地悠哉熬夜。

所以我很晚才睡。

深夜一點左右，遠處響起電話聲。

誰也沒起來，我只好咬牙衝到走廊。在寒冷刺骨的夜晚空氣中，電話響個不停。

「請問是和田家嗎？深夜打擾很抱歉……啊，和田小姐？是我。」

是阿清的聲音。不知是否醉了，聲音粗厚含糊。

「你已經睡了？不好意思。」

然後，他靜了一下，

「後來我回家一直在喝酒……今天說的話，那個複雜的『有了』的話題，其實是真的吧？不是什麼愚人節笑話。」

其實我可以有各種說詞。比方說，對呀，就是愚人節玩笑，這還用問嗎？我睏了不跟你多說了等等。但阿清根本不給我說話的機會。

「我愈想愈覺得是這樣。你這人，幹嘛講話那樣拐彎抹角，我腦袋不靈光，你要跟我講清楚嘛。喂？你聽得到嗎？」

「聽到了啦！」

我不客氣地嗆回去，阿清這才發出開心的笑聲。

「哈哈！果然是真的。既然這樣就要開始忙了。不管怎樣，明天我先過去找你。」

「你要幹嘛？」

「還能幹嘛，當然是為了第十五代太郎左衛門早點結婚呀……啊，這個，其實是喝酒之後的玩笑。哈哈哈哈……」

「這是愚人節的復仇嗎？」

「剛才是開玩笑的。不過明天我真的會去你家，那就這樣……啊，你要小心保暖喔。」

說著要掛電話時又趕緊補上一句：

「啊，明天我會跟我媽一起去。」

他的語氣很溫柔。

溫柔的千般百種
若在愚人節的夜晚
謊言與眞心與薄情
皆於黎明盡數遺忘

夢二（註：竹久夢二〔1884–1934〕，日本的畫家、詩人）如此吟詠。但現在，已經是隔天的凌晨一點，阿清的溫柔或許不是謊言。

春天與男人的背心

最近我過得了無生趣，每天呆然度日。我現在是無業遊民，不知該美其名曰幫忙家務，還是進修新娘課程中……

大家都說我整天魂不守舍。

今天我邊聽收音機，邊用夾子夾起燒熱的煤磚打算移到火盆內（我媽說，用煤磚煮東西既經濟又好吃，所以至今仍然愛用）。

結果下方燒得火紅的煤磚碎掉一部分，掉落在榻榻米上。

這種事難得發生。大概是移動時碰到了什麼。

「呀！」

我這麼一叫，哥哥嫂嫂立刻飛奔而來滅火。

「你搞什麼鬼！」

連我爸都來罵我，更被我媽罵得狗血淋頭。榻榻米和坐墊都留下點點燒焦的痕跡。那是我媽心愛的縐綢坐墊。

「你的眼睛到底在看哪裡！」

我媽尖聲叫罵。

「跟丟了魂似的！」

「可是，這種事本來就很少發生。」

我也不服氣地回嘴。

「一年頂多就失手這麼一次！」

哥哥的小孩輪流來參觀燒焦的痕跡。而且覺得很有趣。

「哇，好可怕好可怕。這樣子會引起火災。你們幾個可不准玩火喔。」

嫂子乾脆拿我當作預防火災的負面教材。

「得換榻榻米……」

我媽還在嘮叨。我嫌她煩，把綿綢坐墊翻到反面掩飾焦痕，

「你給我放下。我還得想辦法找人縫補。你這孩子真是糟蹋東西……」

我媽是相當嘮叨的人。小鬼們乾脆數起焦痕。

「五個，六個……啊，姑姑，這裡也有。」

難道就沒什麼好玩的事嗎……或許就是因為心裡這麼想，才會發生這種悲劇吧。

去年，我辭去工作。

爸媽和哥哥都覺得奇怪，「你幹嘛辭職？」

如果是因為要結婚也就算了，連個對象都沒有，幹嘛辭職——我被如此責罵。

但是我已經不想待在公司了。

所以，我糊弄他們：

「如果二十五歲還賴在公司會被講得很難聽。」

其實並沒有那麼嚴重，當然，對職場的男士們而言，不斷有新來的年輕女孩替換舊人或許更能提升士氣，但也不至於露骨地趕人。公司也有兩個年過三十的女職員，並沒有被勸告離職。

只是，沒有下面那個年代的女職員。通常二十三、四歲就會離職。

公司的薪資待遇算是不錯，所以我其實不想辭職，只是，我已經不想再和他待在同一個職場了。

說失戀，倒也談不上……勉強要說的話，大概是如果繼續留在公司，會演變成自尊心遭到踐踏的地步，而我不願那樣。

但我媽說我毫無家事能力，對我的辭職倒是欣然接受。

「辭職或許也好。你可以趁著婚前好好學一點烹飪和裁縫。」

我已經累了，因此我很高興能夠與公司還有他徹底斷絕關係。

我在公司時和池中久美子比較要好，久美子說：

「你幹嘛不幹了？辭職不是虧大了？與其換地方工作，還不如留在這裡。」

久美子很了解我與大倉信一的事。

「你根本犯不著辭職吧，就裝作若無其事繼續上班嘛。」

久美子還這麼勸我。她是個合理主義的女孩子，在這方面比較能夠客觀冷靜地思考。

因為是合理主義者，所以她從一開始就冷靜判斷：

「我覺得大倉不是個好人所以我討厭他。我告訴你，你被大倉看扁了。」

那種事，就算理智上明白，情感上多半還是一團漿糊。不管怎麼說，我已經喜歡上他了，所以沒辦法。

他與我同齡，但是我先到這家公司上班。他是個幹練活潑，口齒伶俐的青年，笑起來時，會稚氣地露出小虎牙特別可愛。

他在我們課裡是最快活、最惹眼的帥哥。

女孩子都很期待看到他。

大倉很會說笑話，工作也很積極，所以好像也很受課長器重。我聽見上了年紀的職員在笑：

「他說喜歡益井小姐喔。他說就是覺得最喜歡。大倉那小子！」

我也像那個人一樣笑了。

我也不討厭快活又英俊的大倉。當他喊著「益井小姐——這個是怎麼回事」動不動就跑來問我時，我會親切地指導他。大倉的常識發達，直覺也很靈敏，要領抓得很快，在工作及人際關係方面，他早早就能站穩自己的位置。

池中久美子對於大倉這種殷勤與靈敏的直覺曾經批評：

「他不是個好東西。」

但我不以為然。我對學歷傲人卻遲鈍溫吞的青年，以及自以為是菁英對公司女職員不屑一顧的那種青年很反感，因此總是開朗快活，和女孩子態度親熱自然的大倉令我頗有好感。

二人獨處時，大倉曾對我抱怨過老是對他凶巴巴的組長。

「嗯——那個人每次都那樣。他對誰都那樣，所以你不用放在心上。」

我這麼安慰他，但我暗想，男人的世界原來也是暗潮洶湧啊。

「我這種人，也不是名校高材生……進不了主流派吧。」

大倉擁有一雙向來看似愉快、直覺靈敏又生動活潑的黑眼睛，還有稚氣的虎牙，當他自言自語似地這麼訴苦，我忍不住會想，這個男人雖然在其他人面前舉止快活，但當他有心事的時候只會對我傾訴吧。他實在太可愛了。

我很喜歡看男人穿三件式西裝。脱去西裝外套，只穿背心搭配白襯衫的樣子，若是套用在大倉的身上，不知怎地會顯得有點性感。

光滑的絲質背心的背部，洋溢男人的性感。

午休時間，我提早回到座位，正在收拾四周時，大倉眼尖地發現我，喜孜孜地跑到我身邊，把椅子反過來跨坐，小聲對我訴說那些話。我就是在那一刻，發現男人脫去西裝外套的性感。

說到西裝外套，有一次換辦公室，大家的置物櫃都跟著換了。大倉說他的西裝外套不見了急著四處尋找。我不由靈機一動，想到我們已和隔壁課調換置物櫃，於是順利找到大倉的西裝外套。雖然我萌生一股衝動很想抱緊那件西裝聞一聞衣上氣味，但是，終究，我沒有那樣做。

「來，找到囉。」

我快活地說著遞給他。

那種心情，或許自然而然地傳達了給大倉。

因為人的心情本就如漣漪的波紋。

年度結算時，很晚才下班，大家一起走在已燈光昏暗的大樓商業區，臨別時……

「那我們握手道別。」

大倉說著朝我伸出手。我自然也伸出手，沒想到他用力一握，把我往旁邊的巷子一拉，明知身後大家都在看，大倉卻笑著作勢要把我的手拉到嘴邊。

「咦，你沒戴手套？」

「拜託，只是握手吔。」

雖然這麼說，我還是忍不住心如小鹿亂撞。簡直像中學生。居然為了這種事小鹿亂撞，臉紅心跳。

翌日，大倉一臉若無其事，毫無羞愧的樣子，我雖認為對那個舉動賦予重大意義很奇怪，從此卻還是忍不住特別在意大倉。簡而言之，我變得像中學生初戀一樣忐忑。

而大倉，不久就成了「我的他」。

過完年的第一天團拜，我受邀去公司前輩的家中。這位前輩是相當資深的男性，雖然還沒當上組長，但頗受年輕職員愛戴。同行的有三、四個男的，三、四個女的，前輩的太太準備了餐點招待我們。除了打麻將的人，我們聚在一起玩撲克牌或百人一首花牌。我和其他女同事都穿著和服。

大倉比較晚到。他被男職員們灌了不少酒。

結果他看起來很不舒服，前輩的太太說：「還是去樓下的暖桌躺一下吧。」帶他下了樓。

前輩太太一下子端橘子一下子送清酒過來，可是大倉始終沒有再上樓。

我有點不放心，下樓去看他。

只見大倉像小孩一樣天真無邪的臉孔被拉高的毛毯遮到鼻子之處，正在呼呼大睡。

「大家都說該走了喔。」

我這麼一喊，他立刻睜開眼，但他並不是裝睡，是真的睡著了。他掀開毯子坐起來。

「我正好夢見益井小姐。」

「少來了……」

「是真的。我夢見我們在這樣。」

我一把年紀卻毫無防備地坐著，結果一眨眼就被大倉摟進懷裡親吻。他或許還酒意未消。而且他的新西裝是明亮的淺灰色，脫去西裝外套只穿背心和襯衫的模樣，在我看來別有風流。

「不行啦，別人要下來了。」

我小聲説著拚命掙扎。

「沒事。」

他愈發肆無忌憚。

「這樣和服會弄縐，快放手！」

見我生氣，他說：

「那麼，待會兒要不要去哪逛逛？」

他的手實在太肆無忌憚，令我很生氣。

我覺得，或許他玩弄過很多女孩子。他的快活和自來熟的態度，就年齡而言或許是因為他在情場上閱人無數。

「明天也可以。」

他還在遊説。

「後天也可以……哪，可以吧？益井小姐。」

我總覺得，他好像把我看得太輕。明明是他自己說出那種話，過了一會兒卻又說：

「你快去二樓吧。否則別人會起疑心。」

他不放心地趕我離開。

「我想和益井小姐建立特別的關係。不過，在公司絕對要裝作不相干。」

我覺得他的虎牙看起來真的很孩子氣，一時不知如何接話。

他邪惡狡猾的一面，似乎漸漸冒出來。

在公司，他經常和其他女孩子打打鬧鬧互開玩笑，甚至會調侃久美子。

「益井小姐——拜託你！」

他這樣大聲拜託工作的樣子一如之前，但是如果只有我倆在場，他就會迅速過來觸碰我的身體或親吻我。

「要保密、保密。」

而且他還會這麼說。

他老是這樣挑逗我。

我想到如果真的和他去喝酒或跳舞，之後就必須去什麼地方，所以我沒答應他的邀約。

即便如此，我還是漸漸被他的臂力、躲在置物櫃後面帶著祕密氣息的眉目傳情，還有笑容（我一笑，他會立刻得寸進尺親吻我）及氣味馴服。

他沒有任何改變，依然表現得像個活潑愉快的男人，可我卻日漸沉默了。

我向久美子吐露關於他的事情。

久美子好像怎樣都無法理解我的敍述。

「這是什麼意思？他向你求婚了？」

「他沒提過那種話題。」

「他說請你吃飯？」

「不只是那樣。應該沒關係吧，對吧？沒關係吧，像這種事……」

「我懂了。他想要你的肉體。」

久美子面不改色地說。

「啊！別說了。你真的很過分。」

反倒是我面紅耳赤。

「你啊，都一把年紀了，還這樣意志不堅定怎麼得了。」

久美子被我弄得目瞪口呆。

「很簡單，到頭來，不過就是要約你上賓館嘛。他太瞧不起你了。你應該狠狠甩他一巴掌。那個該死的小鬼頭，太不要臉了……」

久美子明明與我同齡，卻說出這種話，為我義憤填膺。

「我還以為你的腦筋應該更清醒。你為什麼不狠狠賞他一耳光呢！」

久美子對我如此優柔寡斷感到很不可思議。我對他的身體、他的舉動和體味日漸習慣，逐漸對他放下戒心，慢慢軟化了態度，可是這種事我無法告訴理智的久美子。

雖然還沒有真的發生特別的關係，但特別的關係，到底是指什麼呢……和他手拉手也不覺得怪異，他的嘴唇之柔軟我也喜歡，頭髮的氣味更令我心蕩漾。這些，難道不已是特別的關係了？

「你最好還是跟他攤牌講清楚，問他到底打不打算結婚。如果他沒那個打算，就是不可信任的男人。」

久美子對我當頭棒喝。

我和他回家同路，所以經常一起走，公司的其他女同事不知道我們的關係，所以總是有人跟在旁邊。

因此我倆只有搭乘私鐵的郊外電車時才能夠獨處。

「改天一起休假吧，益井小姐。」

他說。

「到時候我會調整休假日神不知鬼不覺地休假。我們找個地方玩順便過夜吧。」

也不知是開玩笑還是說真的，他喜孜孜地說出這種話。

那是他常開的玩笑。而我會說：

「怎麼可能。真不知羞。」

笑話就此結束。在電車上僅此而已，但在公司的茶水間或資料室內，如果沒人看到，他就會迅速把手伸到我的襯衫內。

「討厭……」

霎時之間我的心情會想入非非地為之忐忑。但在電車上當然不會那樣做。

這時，我沉默了一下，板著臉說：

「大倉先生，你會跟我結婚嗎？」

他嚇了一跳，發出打嗝似的聲音。我倆都抓著吊環，用手臂擋著壓低嗓門說話，因此在電車的噪音中，旁人應該聽不見。

他頓時變得一本正經——或者該說，是很掃興的表情。

「現在如果搬出來獨立，無法養家糊口。但我老爸也不會答應，所以要結婚還是得搬出來。益井小姐你月薪多少？」

我告訴他。

「我也差不多。就算兩人加起來，那點錢也不夠生活。」

「有那麼多錢已經足夠過日子了。」

我說。

我們公司禁止夫妻一起上班，不過這是小事，我想不管做什麼我都能掙到錢。

「難道非得抱著種種煩惱，過那樣的清苦生活？」

他無法理解地反問。

之後，他乾咳一聲，開始翻開報紙。

今年的正月新年，是我人生中最無趣的正月。天氣雖然晴朗，但我被逼著縫製母親的大褂，初一和初二就這麼浪費了。

初三那天，我穿著和服去和裁老師那裡拜年（我被迫去學和裁、洋裁、烹飪這些新娘課程！）

面目乏味只等著做新娘的女孩們，競相在穿著上爭奇鬥豔。在場共有六、七人。吃著叫來的壽司（冰冷又難吃），意興闌珊地玩日本花牌和撲克牌後打道回府。

一切都無聊平淡，令人憂鬱，毫無熱情。

寄來的賀年卡好像也是基於義務虛應故事，稍微用心一點的賀年卡，都是炫耀自己幸運的傢伙寄來的。其中也有很多人根本沒回覆我寄過去的賀年卡，彷彿被對方棄之不顧，我忍不住想，從明年起鬼才寄給你咧！

新娘課程上久了，好像會不由自主變得扭曲。

池中久美子的賀年卡最過分。

「今年不知你立下什麼計畫？以你的個性肯定一開始就志向遠大。」

說到這種地步，已是超越調侃的譏諷了。我自以為辭職後也和久美子保持友誼，可她這種譏諷令我很受傷。我所謂比較用心的賀年卡，無非也是寫些年底去了非洲或去年曾去歐洲旅行之類語帶自豪的事蹟。

到了春天，我也差不多厭倦新娘課程了，我開始翻報紙，逐一寄出履歷表求職。

社會的不景氣超乎預期。

況且，看了報紙去應徵後，讓我痛切明白自己有多麼不知民間疾苦。和以前的公司截然不同，搖搖欲墜的破爛樓房內，宛如倉庫的小房間居然就是某某商社或某某貿易公司。

貌似派出所的小房間內，五、六個大男人正在整理堆積如山的履歷表。即便是那樣的小公司，也有成堆的求職者蜂擁而至。

男人通常會公式化地詢問我一些問題，那多半是「為何離開之前的公司」這種問題。幾乎都是打算拒絕我所以隨便問問。他們想要的好像是泡茶打雜的女孩子。

去別的公司，同樣也有大批女孩子前來應徵。

她們用充滿敵意的眼神冷冷打量別的女孩，也有人熱切地與身旁的女孩聊得起勁。三、四十人當中好像只有一人能夠中選。

來這種公司應徵的事，我沒告訴爸媽也沒告訴哥哥。大抵上，我離開之前的公司時，他們曾經苦口婆心一再勸阻我。事到如今，如果我說要去比之前規模小的公司上班，不知會被臭罵到什麼地步。

他們八成會說，你看吧，誰教你不聽老人言。

被叫到二樓的人，是通過書面審核的人。這是一家「某某耐熱」公司，但我不知道這家公司到底是幹什麼的。我被叫去二樓。

一個上了年紀，感覺很溫和的老先生簡單問了我一些問題。我又再次被問及為何離開之前的公司。

我說本來是打算結婚所以才離職，沒想到婚事談得不順。老先生似乎相信了。

接著在另一個房間考珠算。我雖覺得有一台電子計算機就能搞定，還是通過了四位數加法與乘法的考核。

「辛苦了。」

我再次被別的男人面試，對方說日後會通知我，我就出來了。

剛才那位老先生還慰問我，我覺得，這應該是個好公司……

我離職的事，直到最後都沒告訴他。

他是聽到別人說，才臉色稍變地來問我：

「益井小姐。你要離職？」

「對呀。」

「為什麼!?你要結婚？」

「嗯……也許吧。」

「是喔。」

他好像驚呆了。但我並不覺得在他面前揚眉吐氣，老實說，我很遺憾終究未能與他發生「特別的關係」就此別離。

不過，如果在他身邊待久了，遲早會變成那樣吧。恐怕不奢求結婚就已答應了他的要求。

「你被他耍了啦。」

久美子雖然這麼罵我，但我覺得「被耍又有什麼不對」，或許我已中了他的毒。

我不是因為害怕那個，所以才提早抽身閃人。我只是覺得剛開始時大倉的討喜，以及他喊著「益井小姐——」過來找我時的那種討喜如果變質了會很遺憾。我想保留美好的回憶分開。

「我會想你的。今後我可寂寞了。」

他說。聲音中沒有邪惡狡猾也沒有厚顏無恥或任性自私，好像真的只流露出他美好的部分。

這一刻我暗自慶幸，離開公司、離開他身邊果然是對的。

「那就再見了。保重！」

他伸出手與我握手。是蘊含種種回憶的握手。

辭職雖然有一點點可惜，但我認為，這個握手，充分值得我付出那麼大的犧牲。

因為他的眼睛因欲望而濡濕，和他背心後面絲質緞面的性感一樣，帶有非常溫柔的風情。他似乎衷心遺憾必須對我放手。

正當我為了煤磚的失誤心情鬱悶之際，我收到一張明信片。

是「某某耐熱」寄來「您已獲得錄用請自〇日起到公司報到」的錄取通知。

老天保佑，又可以投入社會了。

社會上想必還有很多好男人吧。

我就像春天來臨自冬眠甦醒般開心。

不過，我覺得應該遇不到像他穿背心的樣子那麼性感的男人——會被那種魅力吸引，表示我對他也有欲望。對於自己沒有沉溺其中能夠斷然抽身，我甚至有一點點遺憾。

太遲了嗎？

如今想來，或許可以說我對男女之間的差異太無知。

因為自己是這樣，所以深信他也是這樣，全然忘了自己是女的，他是男的。

不，是我以為我倆已密不可分到足以忘記差異的地步。我深信我們不分男女，一體同心。

其實根本不是那樣……

即便一體同心，丈夫是男人，妻子是女人。

直到很久很久之後我才終於明白，比方說，我有工作必須離家，就留了張字條給隨後歸來的他。

記得給蘭花澆水喔。

冰箱裡有肉，你可以炒來吃。生菜沙拉放在下層。電鍋裡的飯是剛煮的，放到明天早上沒問題。

唉，雖然不想去但我還是得走了。

掰掰！

底下我畫了自己的笑臉（比真人更可愛）代替簽名。把這樣的字條放在廚房桌上或貼在冰箱上，對於這種字條的感覺，以及它造成的效果，其實男女大不同。

女人執著於「物」，因此如果反過來是男人留下這樣的字條……

（呵呵）

女人看了肯定會這麼笑出來，說不定還有女人會親吻字條，或者覺得從短短數行留言便可感受到男人的愛意，把字條像書籤一樣夾進日記本珍藏。

然後說不定會按照字條的指示拉開冰箱門，炒肉，吃生菜沙拉，就此不再為男人的離開感到哀怨。

女人這種生物，真的是看似複雜實則單純，而且一板一眼……

然而男人不同。

下班回來看到女人留的字條（即便老早之前就接到通知，知道女人要為了工作離家遠行），只會更火大，立刻向後轉身，去車站前喝個爛醉。

事情就是這樣。

即便沒有跑出去喝酒，也會在家自己拿威士忌摻冰水喝，扒完泡麵後倒頭大睡。

遠行歸來的我發現的，是掉在廚房地上的字條，冰箱裡無人問津已經變味的生菜沙拉，還有依然包得好好的肉。

「欸，你怎麼沒吃？」

於是，透會乾巴巴說：

「一個人誰吃得下，蠢透了。」

「傷腦筋，以前你還不是一個人俐落地煮飯自己吃……」

然後我展開演說。內容宛如報紙婦女版的報導，陳述的是如今無法自行打理生活的年輕男人漸增，都是母親過度寵溺保護的結果，今後與其教育男性，應該教育母親預備軍才對云云。

——透沒打斷我，抽著香菸聆聽，因此我以為他贊成我的意見，頗為得意。

「所以，透你也不要這麼偷懶，今後要養成自己勤快動手的習慣。中年男人已經沒救了，但你還年輕。」

「無論年輕或中年……」

這時，透插嘴。

「一個人煮飯自己吃，太寂寞了……如果是單身的時候，還能勉強接受現實，但是連結婚之後都得自己煮飯吃，太寂寞了。」

「你太怕寂寞了。」

「是真的。如果不相信你可以自己試試。」

聽到透對我一再抱怨「太寂寞太寂寞」，我多少有幾分得意。

聽到他抱怨寂寞，我沒有為之倉皇失措，也沒有心疼他「真可憐……今後要好好陪著他別再讓他寂寞」，反而火上加油說：

「下下週我還得出門兩、三天。不過我會盡量避開週日。」

「你又要出遠門？」

透吃了一驚，

「這也不能怪我呀。」

為了封鎖他的責難，我氣燄高張地說。相對的，我自負自己在家時是最好的妻子，最好的情人。

我把家裡打掃得一塵不染，烹飪手藝也很好，總是一語驚人逗得透很開心（那是工作方面的圈內八卦話題）。也會替透織毛衣，陪他喝酒。

我深信，有了那些充實的時光，濃密的充實度，就算我每星期有一兩天去工作不在家也足夠彌補了。事實上，當我待在家中，像個普通妻子、世間一般女子那樣過日子時，透看起來真的很高興。

我勤快地做家事，彷彿替什麼充電般暗忖：

「做了這麼多補償，又可以出門工作了。」

然而，那是女人的想法。

男人可沒有充電以備日後所需這回事。

即便在一起一年，只要分開一天就全部歸零。男人好像就是有這種微妙的、任性的毛病。

但當時的我，尚未察覺男女的差異，只知站在自己這邊（純粹用女人的想法）企圖規制透。

（或許有時候會有點不便，但我平時已盡力奉獻了。）

——那種想法並非出於我的傲慢。我只是太無知。

我任職於某家出版社。

在大阪，出版社很罕見。

雖是小出版社，倒算是堅實的優良出版社，而且（在大阪很罕見地）好像還賺了一點錢。

相對的，社員必須比其他地方付出兩、三倍的心血去工作。

我對工作樂在其中。別人誇我能幹，我自己也這麼認為，忙於工作之際，轉眼已是二十七歲。

經由朋友的介紹認識透時，我壓根沒想過要結婚。只是，和透在一起我覺得特別輕鬆愉快。

有時我們約好在咖啡店碰面，我會走到正在看報紙的透身旁，哀嘆著「啊，累死了」坐下來（我不會說抱歉讓你久等了，也不會說你好）。

我總是為工作耗盡體力到極限，簡直像綳緊的弓，所以一旦擺脱工作，疲憊就一下子都跑出來了。

這種時候，看到透悠然自得又溫柔的臉孔，我的身心都會為之安然。

「你每次都説『啊，累死了』。就不能説句稍微有點女人味的話嗎？」

透嘻嘻笑著説。

我雖然累了，但和透東拉西扯地閒話家常，就會漸漸恢復活力，

「好了，走吧！」

我精神抖擻説，看是要去喝酒去吃飯還是去看電影，總之體力和精神都恢復了。

透看著我，

「好像肉眼都能看見你漸漸滿血復活真有趣。」

他說著忍俊不禁。

我的兩眼發亮，肌膚發出光澤，聲音也亢奮得幾乎拔尖。

「這才是你向來的本色。要是你每次都能這樣該多好，你工作過度了。」

他如此忠告。

「難道不能調去比較清閒的部門嗎？你這樣很快就會搞壞身體喔。」

「人手不夠嘛……所以我不工作不行。」

「你可以說身體吃不消，請公司找人代替你。」

與其提出那種申請，工作的樂趣更吸引我。如果想本著良心工作，自然會累積一堆不做也罷的苦差事，但我不怕麻煩，毋寧欣然接受。

粉領族常見的「任由時間解決一切」的工作態度，是當時的我最輕蔑的。

不可否認的是，我對工作的確有點自負。

「不行啦，沒有人可以接手。」

我笑著說。

「我好像是很容易被壓榨勞力的類型。不過，如果結了婚，或許會酌量減輕我的工作吧。」

「那就結婚吧？」

透說，我笑了：

「可是，我不希望別人說我結了婚就變得懶惰。搞不好反而會工作得更賣力。」

因為我壓根沒想到真的要結婚。

「你知道嗎，工作並不是人生的全部喔。」

透說。

「這麼享受工作的女人，別人看起來雖然很痛快，但是，世上或許還有比工作更好玩的事。你可曾這麼想過？」

我的確沒想過。

後來，我不時會忽然想起這句話。透打電話來找我約會，「今晚要不要去喝酒？六點？你八成又會遲到，還是約六點半吧。你要準時到喔。我可不等你。」

結果那天整個下午我都忙於工作，更加像陀螺似地忙得團團轉。

這種喜悅，或許是來自即將見到透的興奮期待？

我開始這麼認為。工作之外的喜悅，或許就是這個吧？而「這個」，不就是愛情嗎？

我抱著這樣的念頭一逕心情激昂，賣力工作到疲勞的臨界點。

「啊，累死了。」

又這麼嚷嚷著在透面前坐下。

「不過，你的氣色比上次好看多了。」

透會說這種話替我打氣。

他的公司好像也很忙碌，但上班時間很固定，週休二日。像我的公司這樣週日也難得休假的狀態，或許我再怎麼解釋他也無法理解。

「若是大出版社，那當然是不一樣……」

我說。

「但我們是小出版社，大家都得拚命工作才行。」

「你們沒有組織工會嗎？」

「那種事恐怕誰都沒想過吧。」

但我與透結婚，是因為我想向他撒嬌。因為我渴望當我嚷嚷著「啊，累死了」一坐下來時，他會溫聲詢問「累了？」替我的咖啡加糖的那種溫柔，以及他在不動聲色之間讓我漸漸恢復活力的貼心。

當然，先決條件是即便結婚也要讓我繼續工作。

「好啊。」

他一口答應。

當我宣布要結婚後，

「你要結婚？」

副理中島先生一臉失望。

「你還是想結婚？像小麻這麼有工作能力的女孩子，結婚太可惜了。」

「真是的。我還以為副理您會祝福我……」

我感到好笑。

「不，我是說真的。結婚誰都行，但是像你這麼有工作能力的女孩子，別處可找不到。唉，不過這也沒辦法。」

「可是，我婚後也會繼續工作。」

「那還用說，如果婚後就把你關在家裡，那種男人不配當你老公！」

副理如是說。這位中島先生打從我入社時就在工作上帶著我，對我頗多指導。

婚禮當天，我依然工作到最後一秒。明知不能遲到，最後我還是從工作地點直接搭計程車趕往禮堂，在我媽和一堆姑媽阿姨的責罵聲中飛快衝進更衣室。婚紗禮服是租的，所以我只要兩手空空地人來了就好，結果新娘的梳化變成最後一個。

即便在禮堂，我也匆忙得恨不得用跑的。所以到了喜宴，和透坐下來時我不禁冒出的是，又是「啊，累死了」這句話。

但我是帶著滿足的意味說出那句話。將自我發揮到潛能的極限，盡情揮灑人生，是我的驕傲。

無論婚姻或工作，我以為全力以赴就是生命的充實。我以為兩者都已傾盡全力，而且勝任愉快。

穿黑色禮服的透，朝我一個人微微露出理解的笑容。

「很累嗎？」

他安慰我。

我就是為了這種溫柔與慰藉而結婚的，因此我坦然撒嬌：

「嗯！」

我以為，今後我也會一直沐浴在其中。

就像洗澡一樣，可以盡情沐浴在「很累嗎」或「會弄壞身體喔」或「不過你的氣色比之前好」這些溫言軟語中。

透是個溫柔的男人。

那是沒錯，問題是男人結了婚就會變。而我對這點也很無知。

貼在冰箱上的字條愈來愈多，我晝習慣了我的笑臉，簡直像簽名般頻繁。

那些字條散落各處。包括廚房地板、桌子底下、櫃子前面。

最後我已不再確定透到底有沒有看過我留的字條。

我們總是失之交臂——不過，透通常在固定的時間回家，所以失之交臂是我的錯——我們在一起的時間減少，是因為我被分派到編輯旅遊書，出門旅行的時間變多了。

偶爾有一天可以早歸，我興沖沖地打電話給透，邀他一起去哪走走。

「難得你可以早點回來，不如就在家吃吧。我想吃你親手做的菜。」

透很高興。

「我們很久沒一起吃飯了。難得有這樣的晚上，我不想出去上館子。」

「也好，那我六點回家再煮飯。」

透渴望二人獨處的心聲令我很開心。

沒想到，那天臨時又有追加的工作。我已經很會抓工作要領了，所以妥善說服對方把工作改到明天，只有實在無法通融的部分才加緊趕工完成。但加班的時候一直在看手表，心裡七上八下……

（早知如此，還不如不要特地打電話通知透。）

我很後悔。我好歹也知道，讓透白白抱著無謂的期待，只會讓他更生氣。等我終於做完工作立刻衝出公司。到了車站，已是我原本該抵達家中的時間了。從這裡搭乘郊外電車還要四十分鐘。

我試著思考，自己為何打電話告訴透「可以提早回家」。因為我想聽透喜悅的聲音。我想讓他開心。

當他回家時發現屋裡開著燈，我在廚房，桌上放滿熱騰騰的食物，電視是開著的——我想看透在那一刻的喜悅神情。我想與他分享那種快樂。我預告好消息，是因為我想強化那種喜悅……

然而，等我回家一看，透不在。

不是尚未返家，好像是已經回到家等我（雖然我不知他等了多久），眼看已經過了六點很久我還是沒回來，於是他就又出去了。

衣服好端端掛在衣架上（透是個把自己全身上下打理得很好的男人，因此，讓也要上班的我省了不少事），他似乎穿著燈心絨的便衣外套出門了。

（會不會是去買香菸了？）

（會不會是去車站前喝酒？）

我呆坐了一會。梅雨時節的寒冷夜晚，冷得簡直難以相信是六月。

（他出門也沒有穿風衣……）

不知不覺中，滿腦子只想著透。

等了二十分鐘他還是沒回來，我終於決定出門。透常去的雞肉串烤店，也曾帶我去過一次。

搭公車會更快，走路的話大約要十五分鐘。我斜撐著傘，在雨中行走。說不定，他就在那店裡……然後我們一起喝酒吃飯再攜手回家，他的心情也好轉，反而會是個美好的夜晚。明知自己想得太美，我卻忍不住如此幻想。記得我們新婚時，我照例氣喘吁吁地趕回家，他看起來應該回過家卻又出門了。我正在煮飯時透打電話回來。

「你過來吧。我在串烤店喝酒。」

他說。

「我正在煮飯。」

「煮什麼飯，別煮了，我請客。」

他如是說，等我趕去後，他已經喝紅了臉，但他把我叫到身邊，一邊替我斟酒一邊抱怨：

「回到家一片漆黑很寂寞。於是我一氣之下，又折返這裡。可是一個人喝酒也很寂寞。我心想，好！我現在打電話回家如果你還是沒回來，我就好好教訓你！然後我就打電話了！」

「好險！幸好我緊接著就回來了！」

我們愉快地喝酒，一路唱歌踏著夜色而歸。結果轉角的人家忽然喀拉打開窗子，

「已經很晚了！安靜點！」

我們挨罵了。記得當時我與透慌忙喊著「對不起」拚命道歉……

那段回憶，已變得何等遙遠。但是，如果透和那次一樣待在那家串烤店，肯定可以一下子扭轉情勢。我抱著這個念頭拚命趕往車站前。

透並不在串烤店。

也不在隔壁的小餐館或壽司店……我從玻璃門外往裡張望搜尋他的身影，卻始終找不到他。

在雨中徘徊找人的我，愈想愈覺得悲慘。

說不定，我前腳剛出門透就緊接著回家了？

這麼一想，我慌忙再次濺起泥水跑回家。

他不在家。我煮了飯，卻已毫無胃口，就這麼呆若木雞。

十一點左右，透終於回來了。

他好像爛醉如泥。

「你去哪了？」

但他不肯回答。他已經醉得站都站不穩，一把掏出口袋裡的東西放到桌上，脫下衣服立刻鑽進被窩。他看起來很不舒服，於是我說：

「犯不著喝那麼多酒吧……」

「每次回來你都不在家，不喝酒要叫我幹嘛。」

透平靜地說。

他不生氣，反而令我害怕。我努力解釋工作的事。我告訴他我是多麼煩躁地試圖解決工作，回來之後又是多麼急急忙忙想要找到他……總而言之，我明明是時時刻刻都在想著透。

而透，只說了一句：

「既然如此，你就不該打什麼電話回來！」

然後他再也不肯開口。

我感到錯的好像都是我。

透說家裡的東西全都留給我，就此搬出家中是在夏天過去，天氣漸冷後。

我堅持不肯離婚，因此戶籍上依然維持原狀。

某日，一名陌生女子來我的公司找我。事前透已打電話通知我她的來訪。

「她堅持非要去。你能否見她一面？」

「她想說什麼？找我做什麼？」

我問，但大抵上，我已若有所悟。

「你也會一起來嗎？」

「我不去。那丫頭一個人自己去。」

透稱她「那丫頭」的溫柔語氣令我心痛。悲傷已遠遠超過憤怒。

「我還是很忙，幾點可以回家都不確定……」

「利用午休時間也行。」

於是，那個女人就在我的午休時間出現了。

她是個身材嬌小瘦弱，年約二十六、七歲，眼神怯生生的女人。我一到公司櫃台，她就用幾乎鏗鏘有聲的強烈視線鎖定我。然後朝我露出僵硬的微笑。

（這就是透的心上人吧。）

我立刻想到。

下一瞬間，我說的是：

「最近每天都很冷哪……」

我像個老練的職業婦女，以世故的方式打招呼。

「是。」

女人如釋重負地回答。

（這個女人肯定要生寶寶了。所以她來懇求我，希望我趕快簽字離婚。）

我如此暗忖。雖然這麼想，嘴上還是殷勤地說：

「還沒吃午餐吧？不嫌棄的話，隔壁大樓就有熱呼呼的散壽司，要不要吃一點？」

她被我的氣勢震懾，不自在地說聲「好」就乖乖跟我走了。

那是很冷很冷的一天。我一邊帶路，一邊盤算中島副理這下子八成會很高興。我會告訴他，我終究還是選擇了工作。

可我也在想完全相反的念頭。如果我哭哭啼啼地哀求透「不要離婚。我不想離婚」不知會怎樣？如果我說：「請跟我重新來過。我可以現在就辭職。我願意為你放棄工作……」

我想說，太遲了嗎？現在開始，已經太遲了嗎？

我想說，我真的很需要你——難道你不明白嗎？
我停下腳步，搓揉眼睛。
「好多灰塵。」
「是。的確。」
定睛一看，她也停下腳揉眼睛。令人睜不開眼的狂風捲起塵埃吹過，但
我揉眼睛，並不只是因為那個。

雛罌粟之家

阿姨家的院子，從初夏開始，整個夏天開滿火紅的雛罌粟花。我最愛雛罌粟，那個季節去阿姨家玩，總是會捧著滿手雛罌粟花而歸。

「也沒仔細打理，它自己就長得很茂盛。」

阿姨笑著說。

雛罌粟沿著白色鐵絲網的腳下叢生。花莖與花萼都長滿刺人的粗毛，可是花苞啪地迸裂彈開時，張開的花瓣彷彿隨風搖曳，有種微微飄逸的纖細。花被上帝之手小心翼翼地摺疊起來，很淺很淺的紅色花瓣，被皺巴巴地捻成一團。

它彷彿只等時候到了，便會漲滿靜靜的力量，隨時醒來。

「砰！」

輕輕地破開花萼。

「嘩——」

輕飄飄地開始綻放。

一瓣，又一瓣。

無形的上帝之手令皺巴巴的花瓣緩緩綻放。雖然很薄卻未破裂，全都靜靜地綻放後，好似委身於清風隨之輕輕晃動。

這樣的花一朵接一朵重疊，而白色鐵絲網外，是碧藍的大海。

我喜歡阿姨這棟可以看海的房子。

啊啊五月，法蘭西的原野紅似火，而你是柯古力克我也是柯古力克。

那總讓我想起與謝野晶子的這首和歌。柯古力克（coquelicot）就是雛罌粟。晶子在明治四十五年，三十四歲的時候，追隨已先行出國的丈夫與謝野寬的腳步前往巴黎。

與謝野寬這年三十九歲。晶子日夜思念丈夫也追去了巴黎——我看的書上這麼寫。從晶子這首雛罌粟和歌似乎也能體會到那種心情。雛罌粟花覆蓋整片原野的火紅色彩，想必也正是晶子的心情吧。

否則，不可能寫出這麼激昂美麗的戀歌……

我喜歡這首和歌，但正彥似乎不這麼認為。

「那可不見得……不過，這對夫妻分別已有三十九和三十四歲，應該也有小孩了吧？」

「應該有七個左右喔。」

「哼！那樣的夫婦，看得懂情詩嗎！能寫出那種東西，我看八成只是靠技巧啦。因為是職業詩人嘛。」

我沒自信所以沒吭聲。不知怎地，對於大部分的事情我都毫無自信。我還不到二十歲，也沒資格對任何事情下斷語。但是……但是……說不定……

正因為是三十九與三十四歲的多年夫妻，正因為是生了七個小孩的男女，所以才相思相愛吧。我雖然不太懂，但那種感情，或許是複雜地帶有憎恨與反彈與絕望……那些成分，然後才開花結果的戀情。

雛罌粟花開寂寥雪白與火紅紛陳，徒惹我心傷悲。

晶子也寫過這麼一首和歌，因此那或許是也帶有悲愁的戀情。

但我保持緘默並未提及。因為正彥在大學擔任辯論社社長，因為他將來立志當律師打算報考司法考試，我沒有那個勇氣與他唇槍舌戰。更重要的是，因為我喜歡正彥，不知不覺，我再也無法天真地隨意開口表達意見了。我在正彥面前變得沉默。雖然喜歡正彥，但他和我的想法有很多差異。就像正彥瞧不起叔叔，我卻很喜歡叔叔。

正彥的叔叔，是我的小阿姨枝折的伴侶。

不過，二人並未結婚。叔叔有妻子兒女，早有家庭。但他已和我的阿姨一同生活十年之久。換言之他拋下元配和別的女人同居。

據說叔叔本來是畫家，但是現在，他成了一個不太走紅的商業設計師。不過他好像還是一直有工作可接，有時阿姨會讓我看叔叔的畫作。其中也有看似公寓完成圖的作品。想來，那是要刊登在公寓推銷傳單吧。摩登明亮的公寓，家家戶戶的陽台都有花朵綻放，玻璃門閃閃發亮，大廳的地板像大理石一樣光滑。雖是常見的畫面，但是原畫看起來色彩更加鮮亮美麗。

「好漂亮的公寓……如果能住在這種地方一定很棒。」

我心醉神迷地說。

「叔叔的畫很美吧？」

阿姨總是對叔叔的畫引以為傲。但我私下認為，那些畫缺乏個性。收在廣告傳單中的畫，如果太有個性、藝術性太強反而傷腦筋吧。大概必須正確地按照建築物外觀及感覺規規矩矩地描繪，掩飾缺點，強調優點，配合這種商業上的要求。叔叔為此畫出符合標準的作品。

我看到那幅畫之所以心醉神迷，並不是受到藝術上的感動，而是因為我在不切實際地幻想，如果能夠和正彥結婚，住在這樣的公寓該多麼好。

但阿姨好像只是一心一意為叔叔的畫感到驕傲。

阿姨在神戶西郊的鬧區經營「枝折」這家小酒吧。店裡雇用了一個女孩子，但女孩動不動就不幹或請假，阿姨很頭痛。她說希望我高中畢業就去店裡幫忙，而我也不排斥去那裡上班，可惜……

「開什麼玩笑！」

我爸媽強烈反對。

「家裡的惹禍精有枝折一個人就夠了！」

我媽很憤慨。枝折阿姨是我媽最小的妹妹，從中學時就離經叛道，還曾離家出走，據說是問題少女。年紀輕輕就當起酒家小姐，和親戚也很少來往，唯獨和我媽算是聯絡得比較勤快。而且我喜歡小阿姨。她長得比我媽漂亮，是個五官搶眼的高大女子，不過那是夜晚化妝之後的臉孔。

如果看到她白天的素顏，皮膚粗糙得判若兩人，比我媽還蒼老。可是，到了傍晚五點左右她化好妝準備去酒吧時，頭髮是褐色的，嘴唇朱紅，腮紅是濃豔的粉桃色，眼皮塗抹藍色眼影，簡直像妖怪。那樣的妖怪，在「枝折」酒吧昏暗的燈光下，頓時搖身一變成了豔麗高大的豐滿美人，所以說夜晚的燈光和氣氛還真是不可思議。

我瞞著爸媽，偷偷在阿姨的酒吧上過一天班。

「這是我的小妹妹喔。叫做梨枝子。」

阿姨如此向客人介紹我。

客人當中年輕的上班族占了三成，中年人占了七成，吧台前坐上十人就已客滿。靠牆邊的卡座成了客人放物品的地方。

「小梨枝啊，長得很像媽媽桑喔，來這裡報到總算有點指望了！」有客人高喊。

「喲，難不成你以前來老娘店裡都是在忍耐？」

阿姨掐客人的手。

「小梨枝，咱們握個手！」

也有男人這麼說，每次阿姨都會阻止：

「不行，這孩子很純情。」

酒吧生意還挺忙的，一個晚上眨眼就過了。我覺得很有趣所以還想繼續，但當時我已經找到工作，況且也不可能頂著爸媽的反對硬要去阿姨的店裡上班。

阿姨非常遺憾。

不過，星期天我經常往阿姨家跑。大約二年前，阿姨搬出市區的公寓，買了高台上的房子。就是那個種滿雛罌粟的房子。我經常過去幫忙打掃。

阿姨廚藝雖好卻不善打掃，家裡總是亂七八糟髒兮兮的。這種缺點也令我感到平易近人，同時也有點不忍心坐視不管。

叔叔生得高頭大馬，滿臉鬍碴，總是睡眼惺忪，是個溫和沉默的人。沒有待在工作室時，他總是窩在連接廚房的客廳那張快壞掉的沙發上看電視或喝酒。那個房間可以看海，但坐在沙發上時，海面差不多與窗框齊平看不見，因此叔叔會把一堆抱枕高高堆起，這樣就可以看見海了。

他很少開口，但如果跟他說話，他總是很開心地打開話匣子。

虞美人的花瓣煮砂糖可以治咳嗽，諸如此類的小常識就是叔叔教我的。雛罌粟花別名虞美人草也是第一次從叔叔那裡聽說。

叔叔和阿姨很恩愛，假日二人經常一大早就窩在沙發上堆疊抱枕看著大海聊天。

不過，主要都是阿姨在說，叔叔只是笑咪咪地傾聽。

叔叔不會去酒吧，因此對酒吧的客人一無所知，但阿姨會把常客一一向他細述，所以他常覺得自己老早就認識那些陌生男人。

叔叔會說：

「這很像阿敦的作風。」

或者，

「以阿竹的水準而言算是表現很好了。」

每次，阿姨都會開心大笑，高喊著：

「就是嘛！這點很有阿敦一貫的作風！」

或者，

「對呀！以阿竹的水準算是表現很好了！」

彷彿那是二人共同的朋友，但叔叔根本不認識現實中的「阿敦」和「阿竹」。「阿姨敍述中的」阿敦與阿竹，似乎是酒吧十年來的常客。

阿姨的酒吧沒有倒閉，生意也沒有特別興隆，常客好像也跟著年復一年就這麼光顧了十幾年。

阿姨把酒吧看得很重要，中午過後就開始一樣一樣烹製各種小菜，裝進盒子放入紙袋或籃子，化上妖怪濃妝，換上和服，天氣冷的時候就再裹上防寒大衣或披肩，碎步走下高台，搭乘公車前往鬧區。

之後她會在深夜一點多搭乘計程車返家。攔不到車子時，也會徒步三十分鐘歸來。她會喝酒，因此走上高台很辛苦。聽說她不時會從下方的道路丟石子，喀啦一聲飛進院子，叔叔每次都會醒著等她，聽到聲音，就會走到石階下面接她。

「累死了，累死了。啊，好難受。」

阿姨這麼一說，叔叔就會把阿姨的手臂搭在自己肩上，抱著她進家門。

阿姨看起來似乎是在對叔叔撒嬌。

聽著二人的對話，年輕的我立刻明白。

因為年輕，所以才立刻明白。

因為年輕時潔癖嚴重，對男女之間的應對格外敏感……男女間無形的情感交流，無聲來往的視線，諸如此類的事物甚至令人感到刺痛，我覺得很噁心，忍不住想撇開目光。阿姨是個快活坦率的人所以我喜歡她，但當她對著叔叔說：

「怎樣，你要頂撞我？老公？」

從她略帶挑釁的口吻中可以感到嬌嗔的性感，我不免暗想，「好噁心。」

不過，那或許是一種嫉妒。因為我夢想著有一天也能對正彥那樣講話。

叔叔笑了，立刻投降。

叔叔四十二歲，阿姨三十八歲。除了阿姨去酒吧上班或去買菜，二人經常形影不離。無論吃飯，看海，看電視，總是一起行動。

我在天氣晴朗的星期天去高台上的房子，

「我又來替你打掃了，阿姨。」

當我一邊繫上圍裙一邊這麼說。

「拜託你囉。」

阿姨只回我這麼一句，就繼續與叔叔一起看報紙或燙衣服，總之她絕對不肯離開叔叔身邊。

「我們啊，只恨相識太晚，所以想盡量長相廝守……」

阿姨認真地說。

在我看來，那也有點噁心。

看到二人互相按摩肩膀，或是努力熬煮對中老年人健康有益的中藥一起服用，我簡直不知眼睛該往哪兒放。如果是年輕的小情侶或更年老的伴侶，看起來或許還好，可中年男女緊黏在一起坐，或是互相按摩脖頸，在沒習慣之前會感覺很古怪。

不過一旦習慣了，從此視若平常。

因為在我看來，二人雖然的確年紀不小（而且，雖然叔叔好歹也靠畫畫為生，阿姨擁有一家規模雖小尚可糊口的店面，都是獨立的社會人士），卻顯得有點徬徨無依、忐忑不安，讓人想保護他們。

一個不滿二十歲的未成年人，對四十歲左右的成年人講這種話或許很奇怪，但至少，阿姨二人的確有點奇特。和我爸媽不同。

因為徬徨無依，遂有一種親近人的溫柔。

二人只要看到我去都非常高興，會請我吃大餐，叔叔雖然不善言詞，但我看得出來他在努力逗我笑。每當我擦玻璃，刷廁所的磁磚地板，修理廁所壞掉的衛生紙架，二人就會誇張地感謝我。我本就喜歡打掃，所以洗洗刷刷我做得很高興。能夠讓阿姨他們開心，我當然更高興。

正彥只是偶爾來這個家，但我開始悄悄期待見到正彥。不，我愛來打掃，說不定就是為了見到正彥。

正彥父親的么弟，就是叔叔。叔叔和枝折阿姨一樣，等於已和家族斷絕關係，因此正彥偶爾代為跑腿，前來轉達親戚的要事，或是替叔叔分居的妻子帶口信。

叔叔與阿姨同樣熱誠歡迎正彥。但正彥對叔叔似乎沒什麼好感（對阿姨或許也是，不過在我面前說話時，他好歹懂得顧慮，沒有直接說出口）。

正彥似乎是從他父母那裡聽來的，很瞧不起叔叔。

「我叔叔從年輕時就很混，不愛上學，我爺爺也束手無策。他在外面到處用父母的名義借錢，還詐欺，聽說親戚都避之唯恐不及。總之他好像很不成器。」

「嗯……」

「就連現在，他那種生活也完全是在吃軟飯。唉，說這種話可能對不起你，但他為了你阿姨，丟下自己的老婆小孩十年都不聞不問，就為了跟風塵女子在一起。」

正彥似乎對叔叔（進而也對阿姨）抱著輕蔑之情。二人沒有正式結為夫婦好像讓他更加瞧不起。

我雖對他那種想法反感，但我還是無法討厭正彥。我倆一起離開的路上，以及在高台下的公車站牌前等車時的閒聊，對我都是寶貴的時光。即使正彥講叔叔二人的壞話，我也會言不由衷地附和，同時竊喜能夠二人獨處。但正彥或許根本對我不感興趣。他從來不肯在叔叔家以外的地方專程與我見面。

「梨枝，你喜歡正彥吧？」

哪怕被阿姨如此調侃我也很高興。雖然高興，但想到連阿姨都看出來了，那麼正彥該不會也早就知道了？頓時在害羞之前先萌生不安。我忐忑不安，深怕被正彥討厭。

正彥穿著牛仔褲白T衪，大步走上通往高台石階，身材修長俊逸。在他背後，是整片宛如地中海的蔚藍海洋。山腳下，神戶的市街閃閃發光。還有雛罌粟的火紅也正迎風搖曳。看到這樣的情景，我感到自己喜歡正彥喜歡到心口發緊。

正彥說完要轉達的事，便不顧阿姨「吃完飯再走嘛」的挽留，甩開她的手走了。我不可能每次都和他一起離開。只有極短暫的時間——喝杯茶的期間，或是送他到門口時能聊上兩句（與謝野晶子的和歌也是那時聊到的）。

正彥不喜歡叔叔，所以或許也不喜歡我。正彥提到「風塵女子」時的口吻，明顯帶有「和身心健全市民不同」的歧視。那種看法，一如我的親戚與正彥的親戚。明明阿姨已經很努力在酒吧工作了。

即便如此，我還是無法討厭正彥。

「一把年紀了還整天黏糊糊，那二人真噁心。」

正彥撇著嘴數落，我雖然感到一絲良心的苛責，還是說：

「對呀，真的。」

某個天氣晴朗的星期天，我走上高台的石階。一邊在心裡祈禱，保佑今天能夠見到正彥。

我從大門繞到院子正要從廚房進去，忽然發現客廳的窗戶開著，並看見了叔叔二人的身影。

叔叔在哭，而且是像小孩一樣雙手摀著臉嚎啕大哭。

阿姨把那樣的叔叔緊緊摟在胸前，不斷撫著他的背安慰他。

「別擔心。我也會立刻跟著你去。我們一起走。沒啥好怕的。」

「真的嗎？好像很靠不住。」

叔叔破涕為笑。

我覺得自己好像做了比偷窺別人做愛更糟糕的事。

我急忙躡足返回玄關，重新喊聲「有人在嗎」，阿姨含淚回應。

我覺得自己似乎來得不是時候，於是在廚房磨蹭了半天拖時間。等我走進客廳時，叔叔已經躲回他的工作室不見人影了。

阿姨正在抹眼淚。

「出了什麼事？」

「沒有。沒事啦。」

阿姨強顏歡笑。白天看起來，滿臉皺紋、眼窩凹陷的阿姨，與其說醜陋，簡直有種詭異之感。

工作室那邊傳來叔叔大聲擤鼻涕的聲音。

到底是什麼樣的傷心事，竟讓中年男女相擁而泣？我好奇的同時，也覺得總是形影不離的阿姨二人的確如正彥所言「一大把年紀了好噁心」。那是初春的事。

雛罌粟花綻放前，叔叔住院了。

只住了七十天醫院，叔叔就死了。

是癌症。

聽到病危的消息，我與我媽急忙趕去醫院。正彥家來了他父親還有兩、三個親戚。正彥要考司法考試所以沒有來。

我們趕到時，叔叔已經死了。

叔叔的面貌已完全走樣，瘦小僵硬得令人吃驚。那不是向來睡眼惺忪，面帶慈祥微笑的叔叔，躺在那裡的人，臉色黯沉，滿面鬍碴，像個窮酸的流浪漢。

然而阿姨緊抓著那樣面貌大變的叔叔，溫柔地撫摸他的臉頰，痛哭不已。我和我媽也放聲大哭。

這時，親戚之間出現一陣竊竊私語。據說是叔叔的妻子與兒女趕來了。人們擔心叔叔的妻兒與阿姨之間會發生衝突。

阿姨站了起來。

「那個，我要回家一下。還得拿些東西過來……」

她鎮定地說。然後向眾人行禮走出病房。大家都安心了，這才把叔叔的妻子叫進來。

因為還要商量守靈夜的儀式該怎麼辦，所以我和我媽在醫院玄關等候阿姨。

但我們等了又等，阿姨始終沒回來。她在雛罌粟花的房子上吊自殺了。

如今我才想到。阿姨當日說的「我們一起走，沒啥好怕的」，原來是指叔叔如果死了她也會追隨於地下。那時候，叔叔大概就已知道自己得了不治之症吧。

然後我又想，年長者的愛情，或許也像晶子的雛罌粟花之戀，癡情且熱烈。

我與正彥，後來再也沒有見過。一生之中，無論到了幾歲，我希望自己有幸遇上一場真心相愛的戀情。不是單戀，也不是有條件的婚姻。那樣的戀情，或許會像阿姨一樣，到了四、五十歲才姍姍降臨——那種信誓旦旦「我也會跟著去」，真的追隨於地下的愛情。

阿姨沒留下遺書。走得非常乾脆。

雛罌粟的房子，如今已轉讓他人。

愛的罐頭

為何會如此喜歡越後老師，我自己也不明白。

越後老師並非帥哥。

嚴格說來他木愣愣的，體型矮胖，手腳動作有點遲鈍。

他的大腿感覺繃得很緊，很適合坐著，也就是所謂的外八。我曾聽說練柔道的人容易變成外八字腿，所以有一次曾問過他：

「老師練柔道嗎？」

「沒有呀。為何這麼問？」

老師驚訝地反問。

「不，沒什麼……」

我連忙噤口，但我暗想，老師那種外八字、笨重的走路方式，我也好喜歡啊。

越後老師是國文老師。

我是這所高中的校內圖書館館員。

圖書部的指導老師，是一位叫做松井老師的社會科中年男老師。他經常發脾氣，不過只要認真把工作做好，倒也不是可怕的老師。另外，還有一位德田老師是書法老師，這位老師經常待在圖書室，但個性隨和且有點散漫，所以我在他面前很輕鬆自在。

至於圖書委員大波美佐子、前田雅夫、中谷篤史這些學生也都是好孩子……在這個田園都市T市，一半是住宅區，一半是農村，學生們算是比較乖巧聽話。要考進縣立高中很困難，但這所市立高中還好。以前位於市區，現在搬到山邊，不僅綠意盎然空氣也很清新。

新建的奶油色校舍，矗立在滿眼新綠之中美麗如洗，雖離公車站牌有點遠，但是悠悠晃晃行來的路上有各種大宅林立也很有趣。

早上，快遲到的我正匆匆步行。

「老師！」

身後傳來男學生的呼喚（身為圖書館員的我被稱為「老師」。可是事務室的富永美紀卻是「富永小姐」。我今年二十一歲，和學生的年紀沒差幾歲，所以被稱為老師總是感到很不好意思）。

騎單車上學的學生叫喊：

「快上車，我載你。否則要遲到了！」

「真的？謝謝。」

「你好歹也緊張一下吧。」

男學生說，載著我向前奔馳。

中午，德田老師請我用小瓦斯爐替他加熱便當配菜的可樂餅，我正在加熱時，擔任圖書委員的學生探頭進來說：

「校長找你。」

我去了一看，校長不在，我急忙又跑回來，結果德田老師的可樂餅不見了，奇也怪哉。

學校這種地方，老師也有種種辛酸與責任，事務室也很忙（尤其是考試時）。不過，學校圖書館的館員，因為不惹人注目，算是很舒服的職場。因此我對這份工作樂在其中。不，在遇見越後老師之前是……

越後老師是去年來任教的。之前，據說是在市中心的高中任教。

他未婚，住在鄰區的公寓。

不分冬夏，他總是一襲藍色素面西裝。冬天會在外面再套件不太乾淨的風衣。

他的頭髮理得很短，髮質乾燥，所以總是蓬亂地垂在額前。

眼睛很小，是烏黑、有力的乾淨眼眸。

笑起來時，感覺特別親近人，也很有男子氣概。綽號是馬鈴薯。這個綽號取得真的很貼切。他是個低調的老師所以很不起眼。雖然擔任文藝社的指導老師，但就算問社裡的學生，學生也只會說：

「嗯，他還算不錯。」

看來似乎無人積極地崇拜他。

校內最受歡迎的老師，毋寧是教英文的春日老師或者教數學的矢田部老師，這種長相有點英俊，或者教學方式大膽創新，或者熱心替學生補習，總之比較惹眼的老師。

而越後老師或許是因為總是漫不經心地發愣，特別不起眼。

他也不愛說話。雖然給人的感覺很溫暖，卻不夠開朗。甚至比較沉悶。

我說不上來究竟喜歡他哪一點，打從見到他的第一眼，我就喜歡上了。所謂一見鍾情，大概就是指這種情形吧。

漸漸的，每次看見他都多喜歡一點。比方說老師來圖書館查詢：

「有《十六夜日記》（註：鎌倉時代後期的旅行日記。作者是藤原為家的側室阿佛尼）的注釋書籍嗎？」

我會立刻站起來，語帶興奮地說：

「有！」

老師好像很愛看書。有時我會拿書給他看：

「老師，新進了這樣的書。」

或者在走廊相遇時，特地告訴他：

「這次訂購了某某書。」

老師會很開心地說：

「真的嗎，噢！」

然後他就會來圖書館報到。

他會和德田老師交談一兩句，站在書架前就看起書。

我問身為圖書委員的大波美佐子：

「越後老師的風評很好嗎？」

「怎麼會？」

她反問我。

「那個馬鈴薯，有什麼事嗎？」

換言之，那或許表明，他就是那樣毫無特徵的老師。

但大波美佐子說：

「老師給分很寬鬆，所以好像還挺受到大家歡迎。」

如果對於「在你認為最適當的選項打〇」這個題目，有A、B、C等選項，據說他通常會把容許範圍擴大到兩個選項。因為他似乎無法從中選定一個正確答案。他寬大為懷。

有一次，越後老師發現學生躲在體育館的二樓喝酒，據說他並未責罵學生，只說：

「喂，剩下的明天再喝吧。」

他不會像松井老師那樣劈頭痛罵學生，也不會像矢田部老師那樣當下假裝沒看到，事後卻在教職員會議上提出。這件事是圖書委員中谷篤史告訴我的。

每當學生或老師之間提到越後老師的名字，我就會豎起耳朵。最後，甚至聽到草莓（ichigo）我都會聽成越後（echigo）。

學校這間圖書館離事務室很遠，但午休時間或下班時，我會和事務室的人一起行動。也會去教職員辦公室辦事情，所以經常看見越後老師。

每天，我都期待從遠處看著他。老師那種笨重的走路方式，從後面看起來，令人懷念又感傷。

或許只是我自以為是的想像，但老師看起來很落寞。

我本來想瞞著富永美紀，卻還是忍不住說了。

「越後老師人很好……」

美紀對於我誇獎過的男人，總是立刻也喜歡上，或是先下手為強與對方開始交往，是個不可小覷的女人。

我壓根不信任美紀這種人。

美紀性情刁鑽難以相處，令人捉摸不透，每次和她打交道，總會嘗到彷彿舌頭刺刺的留有砂礫的滋味。

我穿著新衣服上班的早晨，美紀會大聲說：

「你的腰是怎麼回事？昨晚吃太多了？看起來特別胖吔。或者，是衣服的關係？」

她就是這樣兜著圈子貶低我的新衣服。可是，在男人面前她會判若兩人地輕聲細語，濃妝豔抹，在毛髮濃密的手腳塗上脫毛膏弄得光溜溜。

身為本市有力人士的侄女，她是透過這層關係才來學校上班，校長與教務主任據說都對她有點心存顧忌。

保健室的女孩子及事務室其他的女孩子，都很討厭美紀。

至於男老師，好像對美紀的印象不錯。大概是因為她會裝出賢淑溫柔的聲音吧。

女人之間的關係，最不可思議的就是明明那麼討厭，有很多女孩子卻像閨中密友似地和美紀親密聊天。可是一轉身又在背後說美紀的壞話。或許他們在美紀面前也講過其他女孩子的壞話。

我一直對女孩子之間那種繁雜惱人的人際關係敬而遠之，但我的本性終究天真，所以只要美紀稍微親暱地靠過來，在我耳邊講悄悄話：

「欸，你知道嗎？春日老師這次要去入贅當贅婿。」

我就會忍不住開口：

「真的？對方是什麼樣的人？」

或者，當美紀垂頭喪氣地過來說：

「我被某某老師罵了。」

我就會因為同樣身為女性的連帶感，被同志之間的祕密氛圍沖昏頭，脫口說出：

「那個老師的確很討厭。」

然後美紀就會把我這句話到處告訴別人，害我遭到悲慘的下場。

我很喜歡有個已經畢業的圖書委員守谷同學。守谷非常勤快，幫了我很大的忙。他是個善良爽朗的孩子，很有男子氣概，也很親切。我會請守谷同學喝茶，或是去看電影。美紀得知我和守谷同學關係很好後，立刻對守谷同學另眼相看，試圖接近他。

「那孩子，要去念工大喔。」

或者，立刻搬出她自豪的伯父這位「有力人士」。

「他爸爸是我伯父的朋友。選舉時，好像也很支持我伯父。」

她試圖炫耀自己比我擁有更多關於守谷同學的情報。

簡而言之，她是個非常好勝的彆扭女孩。在我面前，她喜歡故作內行地向我透露消息，觀察我的反應取樂。

我很了解富永美紀的個性，因此關於越後老師，我一直小心翼翼不讓美紀發現。

然而，愈是這種重要大事，人往往愈容易在不經意間洩漏，彷彿水滴自手指縫滴落。

而且，一旦洩漏，就再也撈不回來了。

當時，我和美紀是什麼氣氛我已不復記憶。美紀或許也一如往常，扭著身子靠過來，表現出姊妹淘這種黏糊糊的友情。

事後想來，美紀交不到真正的朋友也很寂寞吧。她其實也很清楚自己喜歡搞策略玩陰謀的個性，所以早就隱約察覺，女性朋友不可能真的對她敞開心扉坦誠來往。

不時，那會令她不安，於是她像貓咪扭身蹭到人身上，靠近別人的身邊。

她那種心情起伏，令我產生反應，忍不住失去戒心吐露真心話。明明被出賣了很多次早該學到教訓了，但是瞬間的反應，令我又傻呼呼地對她老實交代了。

美紀聽到越後老師的名字，瞬時面露驚愕，愣了一下。然後說：

「那人的綽號叫做馬鈴薯吔。」

「我知道。」
「你覺得那顆馬鈴薯好？噢——」
美紀湊近看著我的臉，
「我倒覺得春日老師和矢田部老師比他好太多了。那種陰濕發霉的馬鈴薯有哪一點好？」
「若問我哪一點，我也說不上來。總之我就是喜歡。」
「噢——果然是青菜蘿蔔各有所愛啊。」
「要幫我保密喔。」
「那當然。不過，被你這麼一說，越後老師的確有種木訥剛毅的男人味。」
「對呀。就是那個。」
「他不會拍校長和教務主任的馬屁，也不會故意討好學生。」
「沒錯。就是那樣。」
我忘了戒心，把美紀當成了知己。然後我說：

「他穿著風衣的背影，好像有種男人的悲情，好帥喔。」

「嗯——原來是那樣啊。好，今後我會注意一下。」

美紀愉快地說。

「越後老師雖然正經，卻不是那種不知變通的死板正經。」

我一旦開口就再也停不下來。

「我覺得，他的正經是那種很理解正經的可笑與悲情之後的正經。」

明明不是在開玩笑，但學生講出可笑的話，越後老師經常會笑。

「他有幽默感，卻牢牢壓抑，他的幽默感就像不發光的銀子。」

「噢，這樣啊。」

美紀一再感嘆。

話說出口，我才有點後悔。

一方面是後悔為何偏偏在美紀這種人面前吐露真心，最主要的是，總覺得好像把本來只有自己珍藏的寶物公開了。

本來我還悄悄自負，越後老師的好只有我才懂……

不過，值得高興的是，當時，我與越後老師搭乘私鐵在同一站下車。越後老師就寄宿在我居住的區域。

「我懶得煮飯。之前租的公寓離學校很近，上班雖然方便，可是超市很遠，澡堂也很遠。」

諸如此類，越後老師有一搭沒一搭地說。

我們從車站出來，會繼續往同一個方向走二百公尺。

有時候，他也會問我：「要不要喝咖啡？」在車站前請我喝杯咖啡。

但是並沒有特別值得一提的韻事，我們聊的都是學校的事，例如上次把圖書館的參考書撕掉幾頁想作弊，結果被當場逮到的學生；還有把學弟打得流鼻血的學生；偷走公共澡堂的布簾，在教職員辦公室門口掛上「女湯／男湯」惡作劇的學生……

老師愉快地不斷敍述。雖不至於滔滔不絕，但他軟綿綿的說話方式，畢竟是男人，聽來簡潔扼要，歷歷如在眼前。

我以前怎麼會以為老師沉默寡言呢？

「唉，我也感到不可思議。」

老師愉快地抽菸。

「在遠田小姐的面前，好像話就變得特別多。這是為什麼呢？」

「大概是我善於傾聽吧。」

「也許吧。」

老師說，但我在心中暗想，才不是。是因為我喜歡越後老師，那種漣漪牽動了越後老師心中的漣漪，所以才會激起他愉快的心情。

人無法憑理智假裝快樂。

不，即便可以假裝，既是有血有肉的生身活人，遲早還是會看得出在說謊。如果真的打從心底在那人面前感到快樂，對方肯定也會收到那份心意。是的，肯定如此。

如果聊得太晚時，老師會送我回家。

「暑假有什麼計畫嗎？」

我問。

「有兩週的暑期輔導課，所以哪都不能去。頂多在寄宿的二樓喝啤酒吧。你有什麼度過炎炎夏日的好方法嗎？」

「在電影院睡午覺是最好的避暑方法。」

「的確。」

老師說著笑了。

我努力試圖逗笑老師。我不想讓老師發現我的愛意。我想永保愉快開心的關係。

中元節到了，區內舉辦大型盂蘭盆舞活動。

我早早洗澡，換上浴衣，去老師家碰運氣。老師從二樓穿著背心短褲探頭。

「哇，差點認不出來。你穿浴衣很好看。」

他說著走出來。他好像正在看電視喝啤酒。我說：

「要不要去看盂蘭盆舞？」

「你要跳？」

「不，我不會跳。太丟臉了。」

「如果自己不跳，只是旁觀多沒意思。」

「前田同學是本地小孩，說不定會去跳。老師，你跳嗎？」

「我怕熱。喝了酒去跳舞只會更熱。不如去自然公園乘涼吧？」

「那裡靠近墳墓後方，我會怕。」

「誰說的。有燈光很明亮所以不用怕。況且，不是還有我在嗎？」

老師難得說出這種話。

我很興奮。自然公園據說刻意要讓池沼與原野保持自然狀態，是市政府管理的公園。我們走進蟲鳴陣陣帶來涼意的公園。果真，園內到處都是水銀燈，也有一家大小來乘涼的人，並不可怕。

「常有情侶遭到攻擊的新聞。」

我開玩笑說。

「老師，萬一發生那種事你會保護我嗎？」

「那還用說。我會以性命保護你。」

老師戲謔地說。

「為什麼呢——只要和你講話，立刻會變成這樣。我平時其實很少講這麼多話。」

「也許是喝了酒的關係吧。」

「不，是因為遠田小姐。你真的是個開朗的好女孩。以你的資質，只要找個搭檔來，當天立刻就能表演漫才吧。哈哈哈！」

老師說著笑了。

老師，請別說什麼漫才搭檔。

我是因為喜歡老師才格外賣力發揮。不是嗎？我很想這麼說，卻緘默不語。

而且既然老師覺得我個性開朗，我也想盡量讓自己看起來更開朗。

秋天，當老師開始穿上風衣的時節，我從保健室的女職員那裡聽到老師要與美紀結婚的傳言。

女職員都很吃驚。

「説起來，越後老師或許的確有他的優點喔！」

有些女孩子這才開始大驚小怪。

「我覺得，比起春日老師，他可愛多了！」

也有如此亢奮的女孩。

「美紀果然眼光獨到呢。她好像對越後老師採取緊迫盯人的攻勢喔。」

「嗯……怎麼説？」

「她説，越後老師穿風衣的背影，有種男人的悲情特別帥。」

「又不是在演《神探可倫坡》。」

我這麼一説，眾人笑倒，但那個女孩子又接著説：

「她還説，越後老師雖然正經，但並非不知變通的死正經。是了解正經的可笑與悲情之後的正經。」

「聽起來好深奧。」我説。

「沒想到富永小姐挺有眼光的嘛。我一直以為她很膚淺。」

另一個女孩感嘆道。

「她還列舉出什麼很有幽默感就像不發光的銀子云云。現在，她已全心迷戀著越後老師。她說連老師的走路方式都喜歡。」

「不發光的銀子啊……」

某人不勝感嘆地說。

「說到越後老師這個人，的確是這樣沒錯，想想還挺帥的。看來這次真的得對富永小姐甘拜下風啊。」

我回圖書館去了，但我埋填寫書本標籤時一再寫錯。

我完全無法思考，不知該如何是好。

富永美紀在冬天來臨前辭職了。

「明年才舉行婚禮，不過有很多事情要忙著準備。」

美紀看起來很高興，但這個女孩只要一笑，鼻頭就會出現看似奸詐的皺紋，給人的感覺絕對不好。

「喂，你挺注意風衣的背影嘛。」

我諷刺她。

「注意的人或許很多，但不管怎麼說，還是要看feeling，我倆就是感覺特別契合，我也沒辦法。」

美紀露出勝券在握的表情。我心想，如果拿本又厚又硬的書砸向美紀，不知該有多痛快。

來圖書館的越後老師，還是一如往常，毛躁的頭髮垂落額前，站在書架前抽出書本就看了起來。自從聽說他要和美紀那種人結婚後，我對越後老師的興趣大減，但畢竟還是很懷念。

我假裝要找書，走到老師身旁。

「老師，聽說你要結婚是真的嗎？」

我這麼一問，老師一臉和顏悅色，

「沒有，誰這麼告訴你的？還早得很呢。連對象都沒有。遠田小姐幫我找找吧。一個就好。」

說完他笑了。是那種對待漫才搭檔的親暱。

我做為老師的漫才搭檔，終於獲得老師的親暱。我怎麼知道的呢？因為老師在次年春天結婚了。

現在，越後老師已不在這所學校。他調到別所私立學校了。

幾年後我曾在電影院遇見老師與美紀。起先是我與老師撞個正著。就在狹小的走道。

「嗨……」

老師一臉緬懷，好像想對我發話。他老了很多，變得渾身散發歐吉桑的柴米油鹽味。成了一個道地的中年人。

隨即，緊跟在他後面同樣也很蒼老的美紀發現我，她有點驚愕地低下頭，立刻拽著老師走向前排座位。老師依依不捨地被拉走了。

看到那一幕，我覺得老師的婚姻生活好像不太幸福。

老師的臉孔還是會讓我心跳加快，有種懷念又惆悵的感覺，但是當然，那與昔日宛如純粹結晶的情感在本質上已有所不同。那段戀情，在我心中已被製成愛的罐頭。

然而，那和空氣罐頭一樣，即便打開罐子，或許也看不見任何東西，聽不到任何聲音。唯一知道的是，裡面的確裝了什麼，而那成了罐頭。

千紗這女人

秋本千紗，是我們課裡的名女人。

千紗現年三十二歲，在課裡的女職員中最資深。

她很能幹，很可靠，有點像是大姊頭。她的嗓門大又毫不遮掩，即便在辦公室或在講電話，也照樣肆無忌憚地「哇哈哈哈……」放聲大笑。

剛才我說她嗓門大，其實她的嘴巴也大。

不，鼻孔啦，整張臉啦，乃至手腳屁股統統都大。身體也很豐滿，身高有一百六十公分，所以給人的感覺很魁梧。

那種體型放在年輕女孩子中，給人的感覺完全是「歐巴桑」。

其他課也有很多年過三十的女職員，但是沒有任何人給人那種感覺。年過三十的老小姐，各個身材窈窕，帶點譏誚，適度地刁鑽，充滿神祕風情，而且很美。

然而，千紗身上完全沒有神祕感也沒有任何風情。只能稱為醜女。

她總是扯著破鑼嗓子講話，笨重地拖著低跟鞋走路，即便在課長面前也坦然把手插在口袋裡毫無畏怯地說話。

別說是課長了，由於她很資深，就連在經理面前也照樣以對等姿態講話。對於客戶，她也像和住在隔壁的歐吉桑說話似地大剌剌交談。

「這種說話方式頗有漫才式寫實主義的風格喔。」

工藤靜夫私下如此取笑，但千紗或許是中意這種說法，故意用漫才藝人的大阪腔說：

「噢……是喔。」

或者，

「我不知道唄。」

男職員們即便是年輕小夥子也會在談生意時用大阪腔，但女孩子沒人這麼說話。女孩子頂多只會在腔調或語尾變化稍微留有大阪腔的痕跡，但古時候說落語那種大阪腔已經無人使用了。

可是千紗卻在電話中大聲用男人那種大阪腔說「不行啦。沒庫存品了唄」，因此格外惹眼。

我不知道千紗是期待什麼樣的效果才用這種說話方式。

在我聽來，那種說話方式一點也不優美——就女性而言。

這若是出自年輕、充滿幹勁的青年——比方說，像工藤靜夫那樣——專心投入工作的男人，這樣的大阪腔，聽來倒是充滿彈性乾脆明快，頗有生動討喜之感。

但是被千紗這麼一用，好像有種瞧不起對方的味道。

不過，千紗並未瞧不起人，她對工作很熱情。

我認為，千紗或許是用她的方式，替自己的年齡化妝。在我想來，超過二十六、七歲的女人，已經無法再以天然本色行事了。

設定好想成為哪種女人後，就根據自已的條件著手改造，一點一滴地矯正、琢磨，讓自己更接近那個目標——我私下稱此為「年齡化妝」。不只是塗粉底抹口紅的化妝，我認為，女人必須隨時隨地思考，自己「要成為什麼形象的女人」。我二十七歲了，所以已經做好心理準備開始替年齡化妝。

我不知千紗是否與我有同樣想法，但就我所見，年紀愈大，她就變得愈大而化之，不把男人當男人地開玩笑、交談，變得粗俗豪放，只能說，那是她選擇了最適合自身條件類型的結果。

年過三十的女人，無論是誰，都不可能傻呼呼過日子。大家都在無意識中尋找自己的安身之處。在獨守空閨年華老去的過程中，女人自然而然會想打造適合自己多年甲殼的洞。

有人用心打造優雅的、令人感到歲月痕跡的俐落女人形象；有人拚命裝年輕隱瞞年齡；有人則已自暴自棄放棄戰鬥，不再化妝，額頭的皺紋多到令人同情，嘴角兩邊的皺紋變得更深。

而千紗，毋寧是以攻擊取代防禦，或許她希望成為惹眼的「歐巴桑」，藉此甩開老小姐的自卑情結。

在我們課裡，二十七歲的我，就年齡而言僅次於千紗。剩下的女職員都很年輕，只有二十歲左右。

千紗喜歡和我同進同出，但坦白講，千紗的友情令我困擾。千紗小小的黑眼珠狡猾地骨碌亂轉，只要是關於我的事她樣樣都想打聽，她那種霸道的說教癖（這和她大姊頭式的可靠氣質結合，形諸於外，當我做錯什麼事時，她會替我收拾爛攤子袒護我，對我倒是一樁好事。不過，我如今好歹也成了老鳥，已經不需要千紗的庇護了），還有千紗的人生觀，我統統都討厭。

千紗對金錢有很強的執念。

她說，之所以來上班，是為了打發時間。

「來公司打混摸魚一天便可領到薪水，天下還有比粉領族更好的差事嗎？」

千紗其實家境富裕，即使不工作也不愁吃穿。她找人開了洋裁店和咖啡店，也經營出租公寓。她的父母已不在人世，她與哥哥姊姊和弟弟當初為了繼承遺產起衝突，如今處於絕交狀態，是真正的孑然一身，獨自住在豪華的公寓大廈。

以前她住在自己名下的公寓（那是從父母那裡繼承到的遺產）一室，但最近，她買了華廈公寓。以前的公寓我倒是去過一次，現在的新公寓，我還沒見過。

有時千紗會自傲地說：

「我買了真皮沙發。那是我多年的夢想。是義大利原裝貨喔。雖然價錢昂貴，不過正牌貨果然就是不同。是白色皮革喔。」

或者，

「邊桌也是包著白色真皮喔。要價二百萬。雖然價錢很誇張，畢竟是要用一輩子的東西。光是家具花的錢，就足夠蓋一棟房子了。」

我只能根據聽來的這些說法去想像。

千紗好像也在放高利貸。不是借給公司的人，是借給生意人，從事幾近專業金融人員的買賣。

「比起冒著風險做生意，如果對方可靠，還是把錢借出去最牢靠。」

她曾如此對我耳語。

「你要好好存錢。因為只有金錢才是可靠的東西。」

千紗總是對我這麼說。

不能說她不夠親切。

她孜孜不倦毫無保留地教我合適的增值方法。

她教我如何投資股票辦定存。

「我絕對不會害你的。」

她彷彿哀求般告訴我信託是怎樣，公債又是怎樣，最後，她總是會諄諄勸我：

「從心齋橋到戎橋，你從這頭走到那頭試試看。路上連五塊錢銅板都撿不到。錢這種東西，只靠細水長流、一分一毫慢慢去賺是沒有用的。」

我每次聽千紗這樣說都感到沮喪。

我自認對人生有自己的規劃。

過了二十五歲之後，我心想：

「我不可能永遠年輕。必須做好年華老去的心理準備。」

我決定再也不露出孩子氣。今後，不知會持續多久的單身時代（說不定結婚的機會就在不經意之間猝然降臨），我要過得像個優雅成熟的女人——

我喜歡這樣思考種種。

但是，千紗越過那個，搶先設定了年老的時光。

「到時候錢說不定會貶值，所以最好擁有土地或珠寶。」

千紗如此暗示，但我興趣缺缺。

有一次，她非常熱心地勸我：

「水尾小姐，你就算向公司借錢也絕對要買，我保證你不會吃虧——這種東西真的難得一見。」

這下子我倒是有點好奇了。

「到底是什麼好東西……」

「是三層金盃，純金的喔！」

買那種三層重疊的大杯子到底有什麼用？

「你真傻。比起把鈔票放著當然更有利，因為黃金是不會貶值的。」

被千紗這麼教訓，我啞口無言。

我喜歡小巧的飾品。例如戒指——不過，不是鑲嵌珠寶或鑽石的那種，而是時尚潮流的飾品。還有成套的耳環、項鍊和成套的手鍊之類的。我收藏了很多那樣的飾品，自得其樂。

「太浪費了……」

千紗憐憫地說。

「你不該把錢花在那種東西，稍微忍耐一下存點錢，就可以買小顆的珠寶了。還是得買真正的貨色才有用。」

但是叫我為了針尖大的小寶石花上幾十萬幾百萬，我寧願在抽屜堆滿我喜愛的小首飾，收集這些價格適中、造型奇特、賞心悅目、美麗的飾品更有樂趣。我想盡情享受人生。

千紗因為名下有洋裁店，所以對成衣和各種批發店都很熟，懂得如何買得更便宜。

她也邀我去過，那樣或許省錢，可是被帶進倉庫，匆匆忙忙挑選，還得一再道歉「對不起喔，不好意思」才拿到的衣服，不是袖子太長就是下襬太長，還要被千紗擺出施恩的態度責備：

「那種小毛病，自己回家改一下就好了，這種衣服，能夠用這麼便宜的價錢買到，已經是千載難逢的機會了。」
所以幾乎毫無購物的樂趣。
後來無論千紗再怎麼推薦，我都對「可以廉價購買的批發店」敬而遠之。
千紗憑著與生俱來的大剌剌、自來熟、即便和初次見面的人也能打成一片的厚臉皮，在各行各業都擁有「可以買到便宜貨的批發店」名單。
無論是手提包、家具、電器用品、化妝品。
那家化妝品店，是千紗的親戚開的，千紗拿了一大堆免費的小瓶裝試用品和拍賣的贈品。
「化妝品這種東西，我從來沒花錢買過。」
這是千紗的自豪之一。
千紗與我，在公司看起來很要好，但對我而言，千紗其實是包袱。
千紗或許把我當成朋友，但我對已經打交道好幾年的千紗開始不耐煩。
千紗當然也有她的長處，可她整天把錢掛在嘴上，令我很反感。
「錢那種東西，沒有也不會怎樣。就算沒錢，照樣可以享受人生。」

我說。

「不行哪。如果沒錢，老了以後誰都不會理你。唯有有錢，別人才會來照顧老頭子老太婆。」

她說。毫無夢想與浪漫，明明才剛三十出頭，就已經在講進老人安養院時的事。

「話是這樣說，但我們很快就到那個年紀了。」

千紗得意洋洋地說。

公司的男職員雖對千紗哭笑不得，卻又有點敬畏，似乎是因為隱約知道千紗擁有龐大的資產。

「男人哪，唯有在你有錢時才會尊敬你。」

我曾對靜夫說過。

「與其說是尊敬，應該說是感興趣吧。因為沒有一個男人不想要錢。隨時都在思考如何才能讓錢變得更多。如果有人能夠成功做到這點，無論此人是男是女，想必都會格外矚目吧。」

「你也是嗎？」

「像我這種人，不管打麻將或賭馬都沒有贏過錢。該說是另眼相看嗎？總之會羨慕那種人吧。」

「噢？那你何不乾脆和秋本小姐結婚？」

「別開這種不好笑的玩笑了。害我的眼前霎時一片漆黑。」

靜夫說完，我倆都笑了。

「不過，世事難兩全。你要是有秋本小姐那種賺錢的本領，那就太完美了。」

靜夫說著，把我的頭髮揉得亂七八糟夾到腋下，笑著親吻我的鼻頭。

我與工藤靜夫，在無人知曉的情況下，已經交往了一年。靜夫比我小一歲。

我倆都與父母同住，因此只能在小賓館約會。天熱或天冷時，實在很不想離開舒適的室內，我倆會互相抱怨：

「真想就這樣一覺睡到天亮。」

「不如我們同居吧？」

靜夫曾這麼說過。

「我本來就覺得該搬出家裡了。如果租公寓，小廣，你願意來我身邊嗎？」

「一直？或者偶爾？」

「那當然最好是一直。」

結婚這個字眼，雙方都小心地沒有提起。

比起那個，我更喜歡兩人在一起，漸漸增長愛意，卻未明言只是互相體察，或者暗自思考：

「啊，這小子拜倒在我的裙下了。」

「她好像為我著迷。」

當我們在一起時，即便保持沉默也不尷尬，雙方都不用為沉默負責任——察覺這點時，我更喜歡靜夫了。

如果能夠順利維持下去，或許我們可以直接步入結婚禮堂，順理成章地從同居滑向結婚，想到這點我非常開心。

——不過，另一方面，我也保持戒心。

靜夫至今沒有說出「我們結婚吧」，因此我在自認並不拘泥這點的同時，也有點無法完全信任靜夫。

當然，我倆在公司也小心翼翼避免被發現。我不是那種會盯著靜夫出神，或者用特別語氣跟他說話的不解世事的小女孩。

雖然裝作若無其事，但是，我總是眼尖地看著他。他頂著剛剪過的帥氣髮型來上班的早晨（我們公司不准男職員蓄髮，也不准女職員染髮），我會立刻注視他優美的脖頸。

他的後頸有顆小黑痣。看起來像星星。乾淨清爽的髮際，烏黑的頭髮。

當攬鏡自照時，有時我也覺得自己很美。眼睛閃閃發出金光，頭髮鬈曲。肌膚白皙，粉底服貼，光滑細緻。我感覺自己很美。

因為我有靜夫。因為被他所愛。

課裡的女孩子都很年輕，大家都只顧著自己，無人去注意旁人。

秋本千紗對我的動靜很敏感，不過基本上，她是個從不誇獎別人的女人，所以即便盯著我打量，也只會損我，絕對不可能說什麼：「你最近變漂亮了。是怎麼了？」

說到盯著我打量，課長也是，但課長是個篤實正直的男人，也不會開玩笑。

誇我變漂亮的只有靜夫一個人。

或許是因為靜夫對我愈來愈重要，我才感到千紗變得格外煩人。

有一次，我要和靜夫出門做二天一夜之旅，因此我在週六休年假。靜夫正好出差剛回來，我們就算一起休假也不會引人注目。我們一如既往謹慎地避人耳目。

我獨自在週六前往高山，與從東京趕來的靜夫會合。在飛驒高山，我們投宿最高級的旅館。那也是一種樂趣。

我有時候會和千紗去旅行。

千紗唯一的嗜好就是旅行。

但是住的地方，必然是透過熟人的管道借宿公司研修中心或員工宿舍，或是閒置的別墅。

「反正只是用來睡覺。」

這是千紗的持論。

「旅館是最會賺取暴利的地方。」

她振振有詞，悠然享受別家公司的研修中心，坐在不鏽鋼管和塑膠布做成的椅子上津津有味享用自助式料理。搭乘名勝景點的觀光巴士沿途換車，或者搭便車讓人送她去車站。然後在回程的車上，拚命計算這趟旅行省了多少錢。

「賺到了××圓！」

她喜孜孜地說。

和靜夫第一次去旅行的樂趣若拿來與和千紗旅行比較，簡直太刻薄。

然而，與靜夫待在我倆被帶去的旅館房間，連紙拉門的框架都是當地的春慶漆工藝，品味著典雅的室內裝潢，一一送上來的素樸料理，身心都為這奢華的香氣如癡如醉。

「真可憐……」

我忍不住說。

「賺那麼多錢究竟有什麼樂趣？我只要有工藤君在，什麼都不需要。」

「小廣，等我們結婚之後，你還要繼續喊我工藤君嗎？」

靜夫好笑地撣落菸灰說。

「結婚？」

我愣住了。

「你是認真的？」

「對。再這樣偷偷摸摸下去，太麻煩了——俗話說打鐵趁熱，不如就選秋天吧？」

「這麼快？現在結婚會場都已經被訂滿了……」

「那就之後再舉行婚禮，先蜜月旅行，可以吧？明天我們好好在高山遊覽。」

我緊摟著靜夫的脖子不放。

就算不結婚，只要能這麼相愛，光是這樣我就很開心了。不過老實說，我還是想結婚。

靜夫說，下下個星期天會去我家。在那之前，我們約定彼此都要先稟告父母。

這成了我一生中最開心的一晚。

恐怕就連婚禮當晚，都不會這麼開心吧？

因為太意外了……

「你幹嘛這麼開心？」

靜夫說。

「難道之前你和我見面時都不開心？」

「沒那回事。」

確定要結婚後，果然和之前不同。今後，直到永遠……

「都可以這樣廝守了……」

早秋的飛驒夜晚已有寒意。我倆來到昏暗的市街，在街角吃烤醬油丸子，走進土產店，買了二雙春慶漆器的筷子。

這時，我突如其來想起秋本千紗（她不懂這種人生最美好的喜悅，只顧著賺錢就此結束了一生）……我萌生了這樣的感慨。那或許也帶有幾分優越感。

後來當我再看到千紗，總覺得她看起來悲哀得不得了。

無論是她那種旁若無人的哈哈大笑，或是她交抱雙臂講話的架勢，都很可憐。

對於千紗苦口婆心勸我投資的話題，我已露骨地表現出不悅。

（我和你不同——我不用擔心一個人老了之後怎麼辦，因為我會和伴侶共度人生）

我懷抱這種自負的心情。

對於我和靜夫的戀情，我不再神經質地掩飾。不過，也沒必要大張旗鼓地公開，所以我沒有主動到處宣揚。

但在千紗的銳眼看來，似乎還是很異樣。

「喂，你和工藤君搞曖昧？」

她如此問我。

頓時，我終於第一次理解她。我覺得能夠用來形容她的字眼只有一個，「下流」。

「這個嘛，你猜？」

我說，忽然很想調侃千紗。

「不過，工藤君喜歡秋本小姐喔。他說過很尊敬你。」

「別說傻話了。」

千紗當下很狼狽，臉龐卻異樣煥發光彩。

過了一星期之後是靜夫的生日。靜夫叫住準備下班的我，神色古怪地說：

「我收到這種東西。怎麼辦？」

他拿給我看。是個直徑足足有三十公分的大蛋糕。上面零零落落插了五、六根蠟燭，裝飾感覺很寒酸，用羅馬拼音寫著靜夫的名字。簡直像是給幼童的生日蛋糕，我忍不住笑了出來。

「你別笑了。真是傷腦筋。是秋本小姐給我的。受不了。」

靜夫真的很困擾。

「沒頭沒腦就送這種東西，只會讓人家吃驚吧。嘴裡還說著送你、送你。她到底是什麼意思？……拿回家也會被恥笑，是吧？還寫什麼『SHIZUO（靜夫）』，我都這個年紀了，收到這種蛋糕多丟臉啊。至少送瓶酒也好嘛……秋本小姐說，她認識蛋糕店的人，本來這個要三千塊，但人家特別以一千五的價錢替她作的……我又不好開口說我不要，唉，傷腦筋，傷腦筋……真搞不懂她幹嘛要送我蛋糕。」

我笑著笑著，忽然對千紗感到同為女人的親切感。或許是我小小惡作劇說出的話，打動了千紗的心。

「一千五百圓啊……」

想必，對於從不浪費錢的千紗而言，已是大出血吧。

「SHIZUO 啊……」

想像千紗在蛋糕店的人面前，在紙上寫下這個名字拜託人家的模樣，我第一次對自己捉弄千紗感到心痛。

即便如今我已和靜夫結婚有了三歲的兒子，每當想起千紗的生日蛋糕還是會心痛。我對千紗抱有深深的感懷。

變成石頭的那傢伙

昨晚，我夢見了那傢伙。

肯定是因為純子和多枝子剛對我提起那傢伙的傳聞。在鬧區驀然見到的那傢伙，據說至今單身，好像依舊裝扮入時，但根據純子的說法……

「老了很多，簡直判若兩人。不知該說是年紀漸長的污垢還是單身生活的污垢，總之有種髒兮兮的落魄感。一笑就擠出皺紋，完全失去昔日風采，已經變成普普通通的中年大叔了。」

聽來慘不忍睹。

結果，多枝子立刻用打圓場的口吻說：

「男人通常比女人老得快……工作上如果出了一點什麼差錯，會蒼老得更厲害。想想挺可憐的。守屋君大概還是沒找到正經工作吧。」

她的說話方式彷彿在替那傢伙辯解。多枝子生性溫柔，不只是對那傢伙。她總是不偏不倚，不會偏袒某一方。我和純子二十八歲，多枝子三十二歲，但這和年齡無關。

「他應該有工作吧。就是做女人的小白臉。靠著灌女人迷湯，應該還是一樣混得很好吧。」

純子毒舌地說。

「唉，也不至於吧。」

我嘀咕。

「哎喲，你瞧這個人，都已經過了五年了還在繼續袒護人家。」

純子的大笑甚至讓我感到很不悅。

之後，純子與多枝子又繼續東拉西扯地聊了很多，最後他們為了趕十二點十分的末班電車才離開我家。已經沒公車了，因此叫了計程車。他們是五點左右來的，算來在我家待了很久。

二人走後四周忽然安靜下來。凌亂的室內顯得更加雜亂，一直敞開的窗子，滲入冷得令人不安的夜晚空氣。

多枝子是個手腳俐落的女人，來我家作客時總是會迅速替我收拾善後，期間純子就吞雲吐霧優哉游哉，這已成了固定的模式，但今晚必須趕上末班電車，所以二人拔腿飛奔而出。

我大略收拾後，鋪了被子睡覺，卻在事隔多年後又想起那傢伙。哼著歌拿熨斗熨燙長褲的那傢伙（他說用熨燙機會起縐，不喜歡用）；愉快地擦皮鞋的那傢伙（他只擦自己的鞋）；喊著「喂！零花錢！」向我要錢，一塵不染英姿颯爽地出門的那傢伙。以及目送他離去，蓬頭垢面，為生活奔忙憔悴的我。

然而夢境出人意料。

那傢伙非常溫柔。我（在夢中）抱著渺茫的希望。我覺得應該可以和他順利地走下去。我握住他的手，很溫暖。而且，他告訴我不久就會弄到一大筆錢。雖然他這麼說之後沒有匯錢進來的跡象，但他光是肯這樣說，我就很欣慰了。

他的溫言軟語（具體內容我已不記得。因為那是在夢中。只是有那種感覺而已），令我心頭洋溢幸福感。或許也因此，早晨醒來時格外充實。

我心平氣和地醒來。奇怪的是，雖然醒了但夢還在持續。我倆正走下幅度很寬、坡度徐緩的石階。兩側，就像在月曆上見過的外國宮殿的石階，石雕美女們捧著百花怒放的花盆，一路綿延到底，就這麼直接通往湖畔的花壇。遙遠的彼方是幽深的森林。

我鼓起勇氣握緊他的手，他沒有拒絕。

「要吃飯嗎？」

我問，他猶豫著不敢開口。

「我請客。」

我這麼一說，他頓時臉色放晴。

「嗯，走吧！」

他當下回答。我這才終於清醒，實在太可笑了！

「哈哈哈……」

我在一人獨睡的床上哈哈大笑。居然笑著醒來。但那種笑，不是因為幸福而開懷大笑，是因為就連在夢中，他的個性都如此表露無遺，是有點諷刺的笑。

也可以說，正因如此才更可笑。向來都是我出錢請客或是借錢給他，所以這樣的情景應該很多，但是，實際上我完全沒有那種記憶。

兩側綴滿鮮花的石階，以及呆立不動、靜默無聲的雪白石像。水畔的景色。那種景色，我當然也不可能見過。

進而，我也不記得自己曾經主動握過他的手。為何會做那樣的夢，實在不可思議。不過，我忽然想到，那該不會是很久以前看過的法國電影《夜來惡魔》（Les Visiteurs du Soir，又譯為《夜間來客》）的一幕吧？這部片子我是在電視上看到的。把靈魂賣給惡魔的青年吉爾與安娜相戀，就在森林的泉水邊，二人相擁化為石頭。

就是那種情景。在那種情景中，我與裕二在談錢。

我說的那傢伙，就是守屋裕二。五年前，他和我及多枝子、純子一起上編劇寫作班。那是市民教室的課程之一，是為期半年的講座。

大部分學生都是上班族，所以是在晚間上課。

裕二當時好像任職於某家公司，但他不肯透露公司名稱及電話。我在小型成衣公司上班，純子在化妝品公司的宣傳課，至於多枝子，是市公所的資深職員。我們一星期碰面三次，這樣持續半年後，由於全班只有四十人，大家的感情變得很好，尤其是我們四人，經常集體行動。

裕二比我小一歲，不過大概是因為容貌與身材都很出色，看起來遠比實際年齡年輕許多。

雖然裝扮入時，他卻羞於被人知道。

他渴望別人認為他雖然什麼也沒做卻自有引人注目的風雅氣質。但是實際上，他對自己的穿著、自己的臉孔、頭髮，一切都很在意，費盡心思裝扮瀟灑。

所以，他總是眼珠子亂轉窺看別人。

那樣的裕二，起先我很討厭。但不只是我們班上的女孩子，短歌講座或社會科學入門講座的女孩子似乎也對他格外注目。

用美男子稱呼他並不恰當，但他的裝扮和他散發出來的氛圍，的確有點引人注目的魅力。裕二很清楚這點，可是，他總是佯裝對自己的魅力毫無自覺。

他頗有野心，想寫劇本，寫廣播腳本，也想寫舞台劇，寫電視劇，所以或許不願別人以為他把心思都花在穿著打扮上。我對裕二說：

「你很受女孩子歡迎喔。」

他彷彿大吃一驚，故意使性子對我說：

「真的？我才不信。你又在唬我了。」

可是他的兩眼發亮，分明燃燒著想聽我繼續讚美的貪婪。然而，如果誇他「你很時髦喔」他就會生氣。其實就算被人覺得自己時髦又有什麼關係？年輕男孩如果能夠讓女孩子覺得「啊，好帥！」一瞬間看直了眼，那麼當他察覺後沾沾自喜，不也是很自然的反應嗎？

身為年輕男孩子，如果能夠讓女孩子驚豔地回頭，只要引以為傲，坦率地高興即可，可是裕二卻極力掩飾。

「守屋君幾歲了？」

我曾這麼問過。

「我看起來像幾歲？」

他說，死都不肯透露真實年齡。當時我還嘲笑他，大男人還隱瞞年齡真稀奇。

不過，編劇訓練班人才濟濟，各式各樣的人都有，所以我認為很多元很有趣。守屋裕二寫的，是輕飄飄無從捉摸的戲劇。台詞還算可以，但簡而言之沒有紮實的根本。不過那種氛圍或許也可說極為符合裕二有點俊秀的帥氣臉孔，以及修長挺拔的身形。

從寫出來的作品最能看出人格特質，因此看了實際作品，或許才漸漸讓裕二的本質顯露出來。我當時小看了裕二。講座的課程進行了三個月後，開始分為電影或電視之類的研究小組。

我想寫電視劇，因此選擇了電視組。雖然不知道自己有無天分，但我從小就一直想寫劇本。我夢想著有一天，如果能在電視台工作，那怕只是微薄的收入，只要夠我一個人生活就夠了，那樣該有多好啊。在那之前，我不能辭掉工作。我認真工作賺取薪水，過著縮衣節食的生活，把自己心裡漫無邊際、模模糊糊湧現的想法努力化為具體，振筆疾書到深夜。但，那或許是一場徒勞。

說不定，我這輩子永遠都不會得到成果。或許，我的青春歲月將等同於悲慘地虛擲。

沒有結婚，戀愛也沒有修成正果，或許我只是在不斷汙染廉價稿紙，虛度青春時光。

那種可怕的不安，隨著年紀增長愈發沉重。

住在奈良鄉下的父母，無法理解我為何去上編劇寫作課，很生我的氣。他們說與其把時間浪費在無用的事物上，還不如早點恢復現實常識，趕緊結婚。我妹妹已先行結婚，之後，我弟弟也結婚了。而我哥哥，已有二個孩子。

我不回父母家，夜夜讀書，或者創作拙劣的習作。

我認為即使逼不得已，沒有收入也得繼續寫劇本，可是上編劇課程需要錢，因此我靠著微薄的薪資努力存錢。

我穿的衣服年年不變，飾品也一樣。我接收朋友淘汰的皮包，用了好幾年。我對買書買唱片毫不吝嗇，對自己周身用品卻不願多花一毛錢。

不過我本就沒有多餘的錢可花。

年輕女孩在大都市獨居，而且抱著不自量力的野心時，全副精神都已投入其中，當然不可能有多餘的錢。

在精神狀態不穩定時能夠進了編劇寫作班，是件好事。只要付出一定的學費，誰都可以來上課，在這裡，至少，大家都熱愛戲劇或舞台劇，想討論那個話題，自己也想寫。簡直像在異國他鄉遇到同胞，我非常高興。

在這裡結識的友人當中，我特別重視與多枝子和純子的情誼。純子會寫出有好點子的電視劇本，是個非常機靈聰敏的女孩，雖然有點愛嘲諷，總之是個嬌小的美女。

而多枝子，是高頭大馬的女人，沉默寡言，很內斂。她在不起眼的公家機關上班，是個博覽群書的知識分子，每當評論同學作品的時間，她會從容不迫說出中肯的意見。她的頭髮束在腦後，看起來不修邊幅，但她悠然抽菸時，看起來就很有「大姐大」（這是裕二取的綽號）的派頭。

「大姐大」與純子，被我視為最重要的朋友。我們三個算是很聊得來，喜好也相似，成了快樂三人組。

所以，對裕二產生興趣時也是三人一起。

「那傢伙很像那種會在浴池中放屁的小孩。」

純子辛辣地說。純子是個喜歡用猥瑣言詞取樂，故作粗俗的美人。

「那傢伙整個人輕飄飄的，好像捉摸不定。」

「而且很時髦。」

多枝子說著，也抽著菸笑了。

「那傢伙經過鏡子前面時眼神總是特別認真。」

「那傢伙不是經常不扣襯衫釦子嗎？我看過那傢伙拚命在鏡子前面研究，是該開到第二顆釦子好，還是該開到第三顆釦子。他以為沒人看到，把臉一會左晃一會右轉的，一會又把頭髮垂下來。」

純子說，我們不禁都笑了。不知不覺只要說到「那傢伙」就是指裕二。

我們都選擇了電視編劇小組，裕二也跟著加入。他聲稱「要追隨大姐大」，但或許是在習作評論時得到多枝子等人的褒獎讓他很開心。

多枝子對裕二算是評論得很親切，純子也沒有貶抑他。只有我一個人看不起他。把他的作品貶得一文不值，

「完全沒有根植於現實。只不過是在腦中幻想的虛構故事。這種戲劇，誰看得下去。」

我直接挑明了說，他聽了好像非常不服氣，按捺憤怒勉強擠出笑容，但立刻反嗆：

「啊，千田小姐還好意思說別人，你那種主題才是脫離時代。太落伍了。」

在我看來，作品的價值判斷姑且不談，自己被批評就急著立刻還以顏色的男人，我絕對不喜歡。

不管怎樣，總之我們四人形影不離，不只是在編劇班，也一起去看展覽，下課後去吃飯也是集體行動。

多了一個裕二後，三個女人的小團體頓時似乎充滿活力。裕二雖然裝扮

時髦看起來輕飄飄，但他的姿態放得很低，勤於為我們服務。

況且，有一個惹眼的帥哥同行，感覺也挺不錯。裕二是那種對待初次見面的人反而比長期相處的人更熱絡的男人，不管去哪都人緣很好，在酒吧或小酒館也很吃得開，我們帶裕二去會讓場面更熱鬧。裕二會對多枝子撒嬌，也喜歡逗純子，二人經常鬥嘴。不過，不是真的吵架，在我看來，多枝子和純子都很寵裕二。跟他說話時，多枝子他們的臉孔就會像點燈似地霍然煥發光彩。裕二那張濃眉大眼、黑眸靈活的臉孔，也似乎格外可愛。

（那傢伙，在喜歡自己的人面前，會變得格外活潑。）

我暗想。

我一直抱著找碴的心態觀察裕二。

（那傢伙，自以為受到二人的寵愛。）

冬天的傍晚，有人打電話到公司找我。很稀奇地，居然是裕二。他說希望我看看他這次要提交的作品。我有點發燒，渾身無力，於是說，不如等下次例行聚會的日子再看，但裕二熱切地堅持，

「不，無論如何我希望你今天就看。我想聽聽你的評論。」

我實在拗不過他，心想，這人也太任性了吧，只好嘀嘀咕咕滿腔怨氣地去見他。

裕二在小酒館等我。店內桌子鋪著紅格子桌巾，燈光昏暗。我板著臉坐了下來。

「今天我請客。你要吃什麼？」

裕二刻意討好我說，我叫了料理。他誠惶誠恐地從牛皮紙袋取出稿子。我大略瀏覽後，把稿子一還給他就立刻不客氣地批評：

「寫到一半就後繼無力。」

奶油濃湯來了，我立刻端過來，邊吃邊不客氣地批評。

架構不穩，角色過於類型化……

裕二的反應太沉默，我不禁有點心軟。

「不過，我們都還在學習，我講這種話或許僭越了。很抱歉做出這麼不客氣的批評。」

「不。怎麼會……我為什麼非要勉強千田小姐來，就是因為我信任千田小姐的評論眼光。」

裕二老實地說。他正在吃小孩子愛吃的那種蛋包飯。

「千田小姐很有實力……我真的很尊敬你。我認為，你絕對會很快有大成就。我覺得千田小姐會變得最了不起。」

「哪有……」

我很錯愕，不由慌了手腳。有時我對自己的能力毫無自信，也有時會突然擁有過大的自信。有時那二者會以超高速你來我往地交互出現。

「況且，你根本沒發現自己的實力而拚命在學習吧？真好。能夠專注在一件事情上，心無旁騖地投入，這種義無反顧勇往直前的精神，深深吸引我。」

「少來了，守屋先生，你別跟我開玩笑了。」

「千田小姐總是有點這樣心不在焉吧？明明非常聰明，很有實力，擁有出色的資質，卻好像沒有活在現實中，似乎有一顆螺絲釘鬆脫。」

這次輪到我沉默不語。被人這麼一說，好像的確是那樣。

「這點，我覺得很可愛。」

裕二說，啜飲咖啡。

「大姊大和純子小姐都精明能幹，太過現實了。像他們那麼精明的人，絕對寫不出好作品。」

我已經無話可說了。

因為那正是我一直以來的想法。這個分析，和我對多枝子二人的親近感是兩回事。

「不過，像我這種人，還比不上純子小姐他們，所以我知道根本不值一提，但我還是希望被千田小姐狠狠地批評一下。」

他把裝稿子的牛皮紙袋拉到一旁。

事到如今，我很後悔曾經對他毫不修飾做出率直批評。

然而，我是個只會講實話的女人。

「我很心知肚明，但你的誠實正是我最尊敬的地方。想到說不定可以博得你的正面評論，我就會自戀地充滿期待，拿給你過目。啊，不過，你不用太在意我的想法。」

裕二露出淘氣的眼神，咧齒一笑。

「就算像剛才那樣，聽到會讓人一蹶不振的批評，我也不怕，我會把稿子原封不動帶去下次的例行聚會。因為我想，說不定，雖然被千田小姐那樣痛批，其實是劃時代的大傑作——如果沒有這種自戀，誰要寫東西啊，你懂吧？」

「嗯，我懂。」

我說，我倆不約而同放聲大笑。

「啊，你的笑容！看起來天真無邪，真好。千田小姐，你不僅不知道自己的實力，也不知道自己的魅力吧？」

那種事我從來沒想過。因為我滿腦子只想著要寫出好看的戲劇，要尋找適合戲劇的主題與靈感，要能夠寫出人性。

「千田小姐的魅力就在於此。對地球上的事好像完全不放在眼裡。永遠只看著天上。」

裕二說著，忽然拉起我的手。

「我從之前就很喜歡千田小姐。你沒發現？」

霎時，我彷彿清楚看見眼前的薄霧被吹開。原來我也喜歡裕二。因為喜歡，才會對他的愛打扮耿耿於懷，才會抱著找碴的心態觀察他在別的女人面前活躍的樣子。

能夠讓他興奮忘形的女人，讓他刻意打扮追求時尚的女人，我統統都嫉妒。

我的視線徘徊在他修長的身形與靈活的黑眸，為之沉迷。

那種事，或許我老早就已明白，卻壓在心底最深處不讓自己發覺。

「今天我說什麼都想見你。請你評論我的作品，其實只是藉口。如果不用這種藉口，千田小姐根本不會答應見我。況且千田小姐的身旁永遠有大姐大和純子──哪。我們做個約定吧。」

「什麼約定？」

我的聲音嘶啞。

「從今以後，每次都要二人單獨見面。為了避免人多口雜，暫時先瞞著大家吧。」

裕二握緊我的手，力道非常強勁。我好像醉了。

那間店的帳，是裕二付的。而且，那是那傢伙第一次出錢，也是最後一次。

之後每次與裕二約會都變成是我付錢。為了裕二，我的存款一眨眼就花光了。

經濟不景氣導致裕二被辭退，在找到下一份工作之前，他住在我這裡。我也中斷編劇班的課業，晚上去醫院兼差做保險事務。

我打算與裕二結婚，因此就算拚命工作我也絲毫不以為苦。我喜歡看到裕二永遠光鮮亮麗，打扮得青春洋溢充滿魅力。現在，連他喜歡裝扮時髦我都覺得可愛。即使自己衣衫襤褸，我也要給裕二好好打扮，讓他開開心心。

我給他零花錢，為了養他，拚命工作。

「你到底有完沒完。那傢伙，好像還有別的女人。你還沒清醒嗎？」

純子說。

「像那傢伙那種人是天生的小白臉。你快把他趕出去啦。」

我再次感到，眼前似乎豁然開朗。啊，原來他那樣就叫做小白臉啊，

但是，我包養裕二拿錢給他，並無不快。那傢伙很溫柔，而且，在我看來很有魅力，只顧著熱中自己的穿著打扮。一直對我說「你是天才。你是有實力的人。你是天真無邪又有魅力的人」，毫不吝惜對我付出甜言蜜語和笑容。我是幸福的。然而，自從聽了純子的話，我忽然變得不幸。終於有一天，我對他怒吼：

「偶爾你也該拿點錢出來吧！」

之後，又過了一個月，那傢伙就走了。他出門時說要去打小鋼珠，但我定睛一看，家中已沒有他的任何衣物。

不知他現在過得怎樣。最近，電視上不時出現我這個編劇的名字，他是否看到了？

一如青年吉爾與安娜，我與那傢伙，在那裡化為石頭。然後我第三次恍

然大悟。和那傢伙同居的期間，我根本不覺得辛苦。我很幸福。

當世俗的風吹進來時，那種幸福化為石頭。過了五年我才終於明白。

愛生氣的人

走進那家豆沙餅店時，當然，我的老毛病沒有發作。不僅沒發作，我還滿面笑容。因為我是和喬一起來買。喬愛吃這裡的招牌點心「黃金麻糬」。嚴格說來他嗜酒，並不吃甜食，唯獨這種「黃金麻糬」從小吃到大，據說特別愛吃。

這是大阪老街特有的古早味點心，不過我們現在光顧的這家店並非昔日傳承至今的老店，只是頂了店名，製作和以前一樣的點心而已。

福岡縣的太宰府天滿宮境內有一種梅枝餅，這家的點心大小就像那種梅枝餅，約有女人手掌那麼大，裡面包了味道清淡的內餡，兩面烘烤成金黃，印上「黃金麻糬」這幾個字。外皮烤得有點硬，趁熱一口咬下，麻糬的柔軟與內餡的清淡口味完美融合，滋味好極了。

變硬後依舊風味不變，很好吃。

因為太大，看起來有點嚇人。例如我的朋友花田亞以子第一次看到時，就大吃一驚說：

「好像草鞋……」

但這種點心很薄，吃起來意外不占空間，會忍不住說聲「再來一個……」又吃一個。

喬喜歡吃這個配茶湯偏紅的烘焙茶。有時會嚷著點心吃多了，不想吃晚飯。

這並非大公司的產品，所以不是隨時隨地都買得到。只有大阪北區西郊的店裡才有賣。我家位於南區中央，不可能隨時去買，只有去北區辦事時，才會順便多走幾步路過去買一點。

大阪的市街有好幾個鬧區，主要分為北邊的梅田、曾根崎一帶，以及南邊的難波、心齋橋、道頓堀。大阪人稱之為「北區、南區」，以其中之一為地盤。

那家糕餅店沒有廣告也沒有招牌因此很不起眼，是間小店。由老爺爺和比他年輕一些的大叔一起烤製。就像烤魷魚煎餅那樣，把麻糬夾在二片團扇形的鐵板之間，再把二片鐵板扣緊之後，兩面輪流放在火上烤。

店內也有凳子可以坐著吃，負責服務的女孩子，也會到門口招呼來買點心的客人，還要收錢。時時刻刻看起來總是很忙。

每次去通常都有客人排隊在等候。

也有人是懷念「黃金麻糬」特地來買，由於這種點心便宜又好吃所以頗獲好評。和名店的糕點不同，近似古早味零食，但或許也正因此才備受人們喜愛。

我也喜歡這種奇怪的點心。

不過，在我家，因為花田亞以子那貼切的形容，我們都喊它「草鞋麻糬」。

只可惜，這家店的人有點彆扭。

老爺爺幾乎從不開口，只是埋頭默默烤麻糬，大叔則傲慢地拿客人出氣，是個讓客人感覺不太舒服的店。女服務生或許是因為太忙碌且工作粗重，態度也很凶，店面狹小所以總是積鬱熱氣又悶又熱，實在談不上賓至如歸。

不過，這年頭，期望店家便宜好吃，服務態度親切而且環境宜人，或許已成了奢望。

有一次，我讓我家店裡管收銀台的小玉這個女孩子去買麻糬，她抱怨店內很擠還被大叔怒吼，氣得她說：

「我再也不去了。」

大阪的生意人，幾乎沒有態度如此傲慢的人。大叔是烤麻糬的專業師傅，不是生意人。但是人手不足不能不幫著招呼客人，或許才那麼不耐煩吧。

我很能夠理解。

因為我家在市場裡經營小超市，我爸媽和哥哥們都在超市工作。

我在家幾乎都是負責掌廚。每天要準備六、七人份的三餐，光是這樣就已夠累了，不可能抱著兒戲的心態上工。尤其是生意特別忙碌的年底，我也會去店裡幫忙。還雇了高中女生當工讀生，吃飯也無法一一回家吃，只能輪流去市場前的小飯館吃豬排飯之類的東西。

因為過著這種生活，所以我能夠理解忙碌時的不耐煩難免會讓人以為態度惡劣。

「黃金麻糬」這天也人潮擁擠。很多客人在等候，老爺爺和大叔都汗流浹背地忙著烤麻糬，女服務生也忙得團團轉。

看似常客的男人不經意地說：

「肯定賺了不少吧，生意這麼忙。」

大叔一聽，滿臉鬍碴的臉孔扭曲，「賣得這麼便宜，怎麼可能賺大錢，我們賺的都是血汗錢。」

大叔憤憤不平地說著，拿脖子上的手巾擦汗。

這麼氣憤的話可以不要做生意啊，這時我已經一肚子火氣了。按照喬的說法，我是個愛生氣的人。

喬是第一次來這家店，所以一邊好奇地四下打量一邊在靠牆的椅子坐下。

「我要買十個。」

我說。

「排隊，排隊。不可以插隊。」

被大叔罵了。中年女人也在挨罵。

「多少？啥？五個？你不會講清楚一點啊？」

說話方式非常粗暴。

簡直像是施恩才賣給客人，是客人求著要買。就算在免費贈送聯合國物資的難民收容所，恐怕也沒有人這麼高姿態地講話吧。

輪到我了。

「我要十個……」

說到一半，我霍然想起今天亞以子也會來，於是又改口說「我要二十個」。

果然被大叔罵了。

「到底要幾個，講清楚好不好。沒看到我很忙嗎！長眼睛的話應該知道吧。」

「我也一樣很忙呀。」

我忍不住回嘴。

這就是我的壞毛病。只要一生氣就會很衝動，舌頭就會自己亂開砲。

「我們也是在百忙中花了很長的時間排隊等候要買你的東西，好歹也該體諒一下客人的心情吧，你沒資格這樣傲慢地教訓客人。」

大叔瞪著我。

「之前從來沒有客人這麼說過。有教養的客人，什麼都不會說。」

他說。

「既然你講話肆無忌憚，那我也不客氣了。如果真的體諒客人從大老遠的地方專程搭電車來買你家的東西，就算是生意忙，應該也不好意思服務態度這麼惡劣。」

「我哪有故意態度惡劣！」

大叔怒吼。

「是嗎？原來你天生就這麼惡劣啊。」

周圍的客人似乎覺得很好笑，興味盎然地聽著。

大叔一邊替下一個客人打包一邊又說：

「我家不賣給你沒關係，反正有識貨的客人來買就夠了。」

他說的「客人」是個看起來還很年輕，貌似家庭主婦的女人，彷彿壓根沒聽見我和大叔的對話，一臉無辜地付了錢就離開了。

「哪，看到沒有。真正有教養的人，才不會講那種莫名其妙的話故意來找碴。」

大叔一臉得意說。

「莫名其妙的到底是誰啊！你說誰找碴……」

見我滿臉通紅氣得抓狂，喬慌忙衝過來，付錢給大叔後，抱著那包「黃金麻糬」：

「不好意思，不好意思……」

他一邊陪笑說著，一邊把我拽到店外。喬是個五官溫和，說話態度也很斯文的男人，所以他一開口，誰都不會生氣。

大叔這時也不屑地撂下一句：

「啐！一個娘們還敢口氣這麼大。」

他那句「一個娘們」再次令我大怒。

「喂喂喂，夠了吧。」

喬吃驚地把我拽回來。

「犯不著和糕餅店的大叔這麼認真吵架吧。太可笑了。」

「嗯，我知道，但就是……是他實在太氣人了嘛。」

「的確是個怪人……不過這種牛心古怪的人到處都有喔。我公司也有人動不動就來上一句『不過』，打麻將贏了錢也要說『不過』。」

喬悠然這麼表示。

聽著他的聲音，我一如往常漸漸平心靜氣。

「可是，我是為了大家才生氣。我只是代表大家，說出所有客人的心聲。」

我總是這麼說著，向喬撒嬌。

「話是這樣說沒錯，但是心裡想的，和實際說出來的，往往差了十萬八千里。你大概也是一種怪人吧。」

他說，把我當怪人看待。

「那麼，喬任何時候都不會生氣嗎？」

「如果生氣，『黃金麻糬』就會變得不好吃了。要想津津有味享用美食，就不能生氣。」

喬如是說，我的確沒見過他發脾氣。

所以，就算結了婚和我的家人在一起，他也可以和大家相處愉快。

我與喬在兩年前結婚，住在我娘家附近的公寓。不過，因為娘家生意很忙，我負責掌廚，繼續領薪水。而我與喬的三餐，也是回娘家和我爸媽及哥哥們、收銀台的小玉（她在我家包吃包住）一起吃。我們自己的公寓，可以說只用來睡覺。

喬在今橋的公司上班。我們當初是相親，但我第一次見面就很中意他，他看到我也認為我「很有活力」，似乎也對我很滿意。

就像童話裡的金太郎一樣是吧——我這麼一說……

「如果是你這種金太郎，我覺得，就算讓我像故事裡和金太郎打架的狗熊一樣被狠狠摔出去也無所謂。」

他居然這麼說——但我當然沒有摔過喬。也沒有和喬吵過架。喬的脾氣溫和通情達理又斯文，想吵都吵不起來。

和我的家人一起吃飯，喬總是心情很好。我家的人跟我很像（或者該說是我像他們？）很容易衝動發脾氣，父親和哥哥平日明明感情很好，但只要一言不合……

「怎樣？」

「你想怎樣！」

就會吵架。記得有一次，父親還拿抹布扔我哥。雖然沒打中哥哥，但喬立刻打圓場說：

「啊，飛天抹布！」

令大家哈哈大笑，氣氛比之前更愉快。

我的父母和哥哥們都喜歡喬。一起吃飯時大家都很高興，

「晚安。」

「大家晚安。」

我們互道晚安後回自己的公寓。

因為有了喬，我家的氣氛變得非常和樂融融。我以為，喬也喜歡和大家

在一起。

把薪水存起來省下餐費，等存夠了錢，就搬去郊外的好公寓吧。

那是我的夢想。

「要從公寓往返娘家嗎？」

喬大吃一驚。

「哎呀，到時候我會辭職啦。」

「我倒覺得不用住公寓大廈，現在的小公寓就很好了。你打算在娘家幫忙到什麼時候？」

「等我哥娶了老婆就辭職。」

我忽然不放心地問道：

「喬，你不喜歡我家嗎？我的家人……」

「怎麼會？沒那回事。」

喬驚愕地否認。

他那平靜、溫柔的臉龐與聲音，令我安心與尊敬。我的父親兄長和我自己都很火爆（相對的，只要像打雷一樣發完火就沒事了），不是能忍耐的性子，所以像喬這樣才二十七歲就少年老成，不慍不火的男人，忍不住特別尊敬。

或許就是因為有喬在，我才會惡狠狠發脾氣。

有一次，在「JR購票窗口」，站務員的態度實在太差，我大發雷霆：

「只知道漲價，一點能耐都沒有！」

當時喬也是滿嘴「不好意思，不好意思……」慌忙代替我買車票。

搭乘計程車時，司機講話的口氣太蠻橫，我忍不住發飆說：「你叫什麼名字……是哪家計程車行？」探頭想看駕駛座的名牌……

「不好意思，不好意思……」

又是喬匆匆把我拉出去。

之後，當我還在嘀嘀咕咕抱怨：

「那個人，簡直跟流氓沒兩樣。」

喬說：「你說什麼傻話。流氓哪會去工作。那個人不分寒暑都得辛勤工作，很了不起。應該只是疲憊煩躁時，顧不得自己的說話態度吧。」

如果真的碰上流氓，喬或許也會說：

「就算是流氓，如果是講道義的流氓，也勝過壞心腸的普通老百姓。」

我與喬一起生活，照理說應該會愈變愈善良，但我的人格並沒有變得多麼高尚，反而更容易跟人吵架了。

有一次，三更半夜有人喝醉了，走過我們公寓樓下時大聲唱歌，吵得我睡不著，於是我猛然推開窗子大吼一聲：

「吵死了！」

結果樓下的人立刻乖乖道歉：

「對不起。」

「這次沒有我出馬的機會啊。」

喬說著笑了。

或許就是因為他總是在我身後出面說著：「不好意思不好意思。算了算了。」我才能安心說出：「喂，你那是什麼說話態度！」

買回「黃金麻糬」，也準備好壽喜燒時，花田亞以子來了。

亞以子是我高中時的死黨，她畢業後就一直在公司上班。尚未結婚，好像愈來愈漂亮。

「今天你不用回娘家幫忙？」

亞以子問。

「今天超市公休。你多坐一會兒。喬買了你愛吃的『黃金麻糬』。」

我很自豪朋友之中有亞以子這樣的美女，因此早早也已介紹給喬認識。

「小春在那家店，又跟人吵架了。」

喬好笑地報告，把我和大叔的對話講給亞以子聽。

「哎呀呀……無論到幾歲，還是搞不過小春啊。」

亞以子用優雅的手勢把生雞蛋打進小碟，放到大家的面前。

「從學生時代就是這樣……」

亞以子拿長筷攪動壽喜燒。按照大阪做法倒入醬油砂糖和料酒，配合年輕人的口味煮得比較甜。我和亞以子的喜好相同，所以亞以子來我家時，她總是一手包辦調味及烹飪。

不，和我向來那種粗枝大葉料理六、七人大家族的飯菜不同，亞以子有時也會做些精緻漂亮，比較特別的菜色。

「只吃壽喜燒的話，容易消化不良。」

她說，利用家裡現有的海帶芽和小黃瓜、吻仔魚，做出清爽的醋漬涼拌菜，再在上面撒白芝麻。

因為器皿不夠，她就用比較矮胖的茶杯盛裝得漂漂亮亮端給大家。我已經習慣無論什麼菜都用大缽盛裝，所以我喜歡看她弄的小碟子小碗。

「有一次，我和小春搭電車，車上有個行動不便的老太太。可是坐著的人卻都視若無睹，不肯起身讓座。小春就走到一個年輕男人的面前說：『請你讓座給老太太。』結果那男人反駁：『我想你應該無權強制我讓座。』小春就跟人家大吵一架。我在旁邊一直說『算了算了』勸阻她……」

喬說。

「是嗎？原來她身後一直都有男人或女人阻止她啊。」

亞以子來訪的晚上總是如此，演變成了愉快的宴會。

「不過，我認為此人是基於正義感才吵架。」

亞以子替我說好話。

「——喬說我是愛生氣的人。」

「不，不只是單純愛生氣。是對不正、不公的事情生氣，對吧？」

亞以子說。

「每個人都會發火，但是何不暫時壓下火氣，等到隔天再發脾氣？」

喬建議我。

「那樣只會更憤怒。」

我回嘴，逗得大家大笑。喝了啤酒有點微醺感覺很舒服，直到夜深亞以子才走。

「啊，她忘了拿『黃金麻糬』！」

喬看到送給亞以子的麻糬還在玄關當下大喊。我慌忙說：

「她應該還沒走遠，我去追她。」

「不用了，我去。」

喬一把抓起「黃金麻糬」，匆匆出門。

我在廚房一邊洗碗盤一邊聽收音機。

等我都收拾乾淨，被子也鋪好了，喬還沒回來。我的醉意上來，就這麼昏昏沉沉睡著了。

不知過了多久後喬才回來。喬看著電視，正要替我蓋毯子。

「小心感冒。」

喬還是這麼溫柔。

後來，亞以子又來我家玩過兩、三次。超市公休的日子我都在公寓，所以她每次都挑那天來玩，我們三人辦起小小的宴會。

「啊，今晚吃了飯立刻就能睡覺！」

喬開心地高喊。每晚，都是在我娘家吃完飯才回公寓，可雖說如此，其實只有幾步路的距離……

喬果然只想在公寓和我單獨用餐嗎？可是，喬在我娘家吃飯時明明也很開心。

他是個善於忍耐、溫文儒雅的男人，所以我完全看不出他的想法。

漸漸地，亞以子再也不來我家了。

即使打電話約她，她也說最近忙著學才藝沒時間……因此超市的公休日，變成我與喬二人在公寓吃飯。

習慣了熱鬧的晚餐後，二人單獨吃飯很寂寞。我提議不如回娘家吃？喬總是溫柔地說「嗯，好啊」默默跟我回家。

於是我以為，喬也喜歡大家族熱熱鬧鬧喳喳呼呼，偶爾也有抹布飛過空中的晚餐。

之後喬的工作變得忙碌，開始經常加班。我獨自在娘家吃完飯後回到公寓。

喬還沒回來的日子變得愈來愈多。

但我一點也沒發脾氣。

生氣，是針對違反自己預期，而且是往負面發展的事態才會發作。

喬很溫柔，況且他身上無論哪一點都無法讓我生氣。

結果，有一天，喬突然說：

「對不起，我要走了。」

是為了和花田亞以子同居。但我還是無法生氣。我只是茫茫然地聽他說。

今後就算我生氣，也不再有人從我身後說「算了算了」或「不好意思不好意思」了。

「你不生氣嗎？你為什麼不生我的氣？你對『黃金麻糬』的大叔都可以氣成那樣。」

喬這麼一說，我更氣不起來了。

「其實，我本來並不愛生氣。」

我小聲說。

「是因為我叫你等到隔天再生氣？但我希望你生氣。現在就當著我的面生氣。不管你怎麼罵我我都沒話說，因為是我對不起你。但是……」

我已經知道他接著要說什麼了。他要說，但是，我身不由己。

我知道，過了一天之後，隔天會變得悲傷。

「我知道對不起你——你並沒有錯。但是，我身不由己。」

「我明白。」

我溫柔地說。

「雖然想生氣但就是氣不起來……為什麼呢？為何我無法生氣？」

我說。能夠勃然大怒的日子，是昔日還不懂悲傷的日子。

家住中京區・押小路北

有段時間，我去和服著裝教室上過課。但是和服穿起來既麻煩又行動不便，我不喜歡。因此，我不肯再穿和服，自然永遠無法習慣，最後，在教室學到的知識都被我還給老師了。

我媽整天嘮叨，叫我好歹假日要穿和服，阿姨也這麼建議，但我嫌麻煩，還是沒穿。

假日我通常穿著毛衣牛仔褲，出門時再套件白色兔毛短外套。輕便又行動自如，我喜歡。

公司不分男女一律禁止穿牛仔褲上班，也禁止男性蓄髮，女性染髮，所以我都是以中規中矩的打扮去上班。

「偶爾也要穿穿和服，否則會被鄰居笑話。」

我媽一再規勸。真受不了京都這個城市。

我家位於中京區，是京都市的市中心。在古老的街區中，古老的商家林立。這一帶的人頗為自豪，「如果不是代代住在中京區，就不算真正的京都人。」

但我自己，不管是純粹的京都人或京女，我都不覺得有任何好處。

京都這個城市沒有受到戰火蹂躪，所以先祖代代居住，幾乎沒有換過屋主。那種賣掉房子土地搬去郊外的革命家，在本區似乎一個也沒有。我家也是，在同一個地方據說已居住二百年了。

根據祖父的說法，我家自古以來就代代製作味噌、米麴、醬油出售，好像也做過進貢皇宮的皇商。到了昭和初年，改為只做零售業，但戰後還是在祖父這一代結束營業。身為繼承人的母親與學者結婚，阿姨也和醫生結婚，再也無人可以繼承家業。

「這也是沒法子的事。」

祖父倒是看開了。

「既然如此，爺爺賣掉這裡去別的地方也行吧？」

我問。

「那樣做可不得了，會遭天譴的。這可是祖先代代傳下來的房子土地。」

祖父如是說。

祖父的工作，是早晚去高及天花板金光閃亮的巨大佛壇報到，拿乾布擦拭佛壇，替本區服務，打理後面寺院經營的幼稚園等等。閒暇之餘，就和對面茶屋山城屋的老爺爺聊聊區內的閒話。這種老爺爺老奶奶區內很多，因此年輕人住在這種老街總是抬不起頭。

畢竟，那些大人都號稱我還在我媽肚子裡時就認識我了。

不，說不定有些阿婆在我媽還在我外婆肚子裡時就認識她了，連我媽在她面前也抬不起頭。早上起床後去上班的路上，我不知得鞠躬點頭打幾十次招呼。去公車站牌的路上遇到的鄰居，我必須一一問候，否則就會被批評「那家的女兒目中無人」。

中京區這個地方，以堀川和二條城為中心，夾在上京區與下京區之間，東以鴨川為界，與左京區東山區相鄰，是個小區域。押小路北，有著傳統格子門和蟲籠形窗戶的房子就是我家。

二樓的天花板低矮光線昏暗，只能當作儲藏間。相對的，一如京都家家戶戶的房屋格局，呈細長型向內伸展，隔著中庭有偏屋，還有土庫。土庫旁邊會有個小院子，設有茶室，但這裡幾乎都是作為父親的書房。土庫裡也有書，放不下的書就放在茶室。去年，書本的重量終於壓垮地板，父親好像很想趁此機會蓋個鋼筋水泥的書庫。

「在院子裡弄個水泥塊？開什麼玩笑！」親戚中的大伯父等人紛紛抱怨，祖父似乎也很不滿，因此老實的父親只好放棄。

我和父親悄悄互相說：

「哪，賣掉這裡去買公寓，搬到明亮嶄新的地方吧。我想這麼做。爸爸也不想再住在這種老房子了吧？」

「宇女子你反正遲早會出嫁，等到那時不就好了。到時候再和丈夫找你喜歡的地方住，隨便你要住公寓大廈還是社區住宅。」

父親說，我只要等將來嫁出去就行了。

你們可是母系家庭啊，區內從小一起長大的文夫笑著說。的確，我媽那一代是兩姊妹，我也只有一個妹妹，但父親說我不用招贅，嫁出去也沒關係。

父親入贅我家或許吃了不少苦？

現在上高中的妹妹也說：

「我才不要招贅。」

如果我們兩姊妹都嫁出去了，這個家該怎麼辦？我媽和祖父都很不滿，但父親叫我不用在意沒關係。

我也同樣對這麼老舊、陰暗、不方便的房子毫無留戀。我討厭這裡。冬天冷得要命，光線暗得特別快，這種房子我可不想再住上幾十年。

廚房是石磚地板，寒氣從腳底冒上來。明明沒有使用，卻弄個大爐灶坐鎮，每樣東西都被燻得灰頭土臉發出烏光。一旁擺了瓦斯爐，電冰箱，新舊雜陳，不過我媽似乎用得很順手，壓根不打算改造廚房。

「偶爾你也要來廚房幫幫忙。」

我媽這麼教訓我。

「如果廚房變得更方便了我就去幫忙。」

我不留情地回嘴。

無論是文夫家，或者對面的秋子家，在婆婆去世後，兩家的媳婦——也就是文夫和秋子的母親這一代，迫不及待地改建廚房，變得方便多了。

而我媽，或許是對自己繼承代代相傳的房子招贅引以為傲，反而格外注重老東西，死都不肯改變。

「阿文怎麼樣？」

我媽不時會刺探我的心意。

「什麼怎麼樣？」

「當咱們家女婿怎麼樣？」

「拜託，那種……」

「什麼這種那種……你們是多年朋友又很合得來，而且他是家中次男，應該可以入贅到咱們家，又是個脾氣挺溫和的男孩子。你應該也不討厭他吧？」

的確不討厭，但我並不想讓從流鼻涕的幼稚園時代就一起長大的文夫入贅，繼續守著這個有著傳統格子門的老房子。一如後院的石頭長滿青苔，我的人生，彷佛也會被掩埋在青苔之下。

文夫大學畢業後，在京都的保險公司上班。而我在女子短大畢業後立刻就業，所以，或許是因為我較早步入社會，明明是同樣年紀同一年出生，文夫看起來卻像弟弟。

至今，祇園祭和大文字送火的晚上，他還是會像小時候一樣邀我去看熱鬧。

「宇女（註：文夫喚宇女子時的親暱叫法），要不要去？」

「嗯……也好，那就走吧。」

我說著正要出門，我媽小聲斥責我：

「換上浴衣再出門，你這樣像什麼樣子！」

我只好脫下連身裙，換上每年新作的浴衣。

夏日祭典的夜晚，區內的居民也會出門，對青春年華的女孩子穿著打扮特別注意，所以我媽總是耳提面命，不可以穿著廉價的連身裙和牛仔褲到處亂晃。這是個特別注重世人眼光的地區。

我妹還是學生，所以就算穿熱褲進進出出，我媽也會放她一馬。

我被迫穿上藍底浴衣，腰上被牢牢綁緊腰帶，憋得我滿身冒汗，再加上祇園祭的洶湧人潮……

「啊，熱死了……阿文，我們找個地方喝點冷飲就回去吧。就是因為這樣我才討厭宵山（註：祇園祭前一晚的小祭典）。」

我已經開始不高興了。

「腰帶勒得好緊。都是我媽，每次給我綁這麼緊。」

「我幫你鬆開吧？找個旁邊的小巷子。」

「不必了！回家！」

「起碼要看一下月鉾（註：祭典時會有山鉾花車遊行，車上裝飾成屋形或山形，再插上狀似刺槍的鉾。鉾的頂端若裝飾一彎新月就稱爲月鉾）吧？」

「你就饒了我吧。穿浴衣熱死了。」

「你本來就不該穿那種衣服來……」

「是我媽嘮嘮叨叨。」

我每次只要綁腰帶，可能是因為胸部太大，總覺得喘不過氣。我的身材有點肉肉的，自己也耿耿於懷，穿上和服更顯眼，所以我才討厭穿和服。

「那我們回去吧。」

阿文溫和地說，我忽然想到，陪我一起來看祭典的青年如果不是文夫，和服與腰帶或許也不以為苦了吧？如果是別的青年——某個會讓我動心的人。如果和芳心暗許的對象在一起，哪怕是我最討厭的腰帶與和服，不僅不覺得痛苦，說不定還會抱著希望自己看起來更美麗的美好期待，興沖沖地主動穿上。

討厭穿和服，為此不高興，或許都是因為我對文夫沒有心動的感覺。因為我們實在太熟悉了。

這點，對文夫而言或許亦然。

或許文夫被他母親問起「怎麼樣？宇女子做你的老婆好不好」時，也是說「那種傢伙我才不要」。

即便如此，我和文夫，還有對門的秋子，是青梅竹馬的好朋友。但不知怎地，我無法想像秋子的母親對秋子說「你覺得文夫怎麼樣」的場面。

我和秋子也一起上茶道課。秋子與我不同，是身材纖細柳腰盈盈一握的古典美女，很會穿和服。

我老是穿不好和服，說不定也與體型有關。因為我的胸部和臀部都大，肩膀的肉厚實，所以總是把和服撐得快爆炸。

可秋子一穿，簡直像是和服主動吸附到她身上。領口也包得平整嚴實，肩膀線條清爽，下襬微微內縮，腰帶服貼，宛如從時裝雜誌鑽出來的模特兒。

我羨慕不已。這一帶也有許多人家都是從事友禪染布的工作，因此住了許多對和服深為關心與喜愛的人。想到那些人肯定在讚美秋子的和服美姿，嘲笑我的和服矬樣，我就愈發討厭穿和服了。

「明年正月新年必須買件好一點的外出服。宇女子沒有外出服，比較正式的場合會很麻煩，總不能每次都穿中振袖（註：振袖是未婚女子的禮服。依照袖擺的寬度分爲小振袖、中振袖、大振袖。袖子愈大愈高貴）。我的大振袖已經給小女兒了。」

我媽撇下我這個當事人不理，逕自對阿姨說。

我這位阿姨最愛穿和服。可是偏偏穿和服的技術很爛，領口總是歪歪扭扭。她喜歡穿材質柔軟的和服，邋遢的穿衣技術令胸部的渾圓線條一覽無遺，圓滾滾的身體簡直像啤酒桶。

我的身形，好像和阿姨很像。

堪稱豐滿，也可以說是矮短身材，總之我每次看到阿姨都覺得很悲傷。

「是啊，不趕緊從現在開始一點一滴做衣服，等到結婚的時候一下子要統統買齊那可不得了，還是得一件一件先準備才行。我幫你挑。」

阿姨本來就愛和服所以這下子更是摩拳擦掌。

「唉，夠了啦，不用不用。我才不要結那種需要和服的婚。」

我不禁脫口而出。

「我啊，要穿襯衫和牛仔褲出嫁。而且，要住在光線明亮，設計現代化的嶄新公寓大廈。你們就算做了和服，我也不會穿，到時候我統統留在這裡不帶走。」

「你胡說什麼。連和服都沒有多丟人。那樣怎能出嫁。」
「那我就乾脆不結婚。」
我如此揚言，沒想到過了幾天後……
「你看吧，我就說吧。」
我媽得意揚揚對我說。
「阿文要娶秋子了。」
「噢……真的？」
前不久，我還和秋子一起上茶道課，但她完全沒提過這回事。
「媽你聽誰說的？」
「山城屋老闆說的。」
「嗯——」
「都是你自己太不積極了。我本來覺得阿文會是個好女婿。」
我媽大概真的把文夫當成我的未來丈夫，恨鐵不成鋼的語氣帶有幾分認真。

「可是我根本不喜歡阿文。你們這些旁觀者不要擅自決定好不好？原來如此，他要和秋子結婚啊，那不是很好嗎？」

我坦然自若地頂了我媽一句。

星期六，我在三條京阪車站巧遇文夫，於是一起回來。他說：

「我要順便去一下寺町的書店。」

我說聲「那好吧」本來打算就此分道揚鑣，但念頭一轉又決定繼續跟著他。

文夫提議，今年不如去看太秦的牛祭。就算住在京都，也難得特地跑到太秦去。

文夫看起來和平常沒兩樣。我試著套話：

「也邀秋子一起去吧？」

「邀她去也行，不過她每個星期天都很忙。要上很多才藝課。況且牛祭她大概沒興趣。畢竟，她是那種連祇園祭都懶得參觀的人。」

被他這麼一說才想到，我的確沒有和秋子一起去看過這類祭典活動。每次互相邀約同行的永遠只有我和文夫。從新年的初次參拜，到吉田神社的節分、五大力菩薩祭典、壬生寺默劇。賀茂祭時我們也在鴨川河堤吃著霜淇淋參觀過，也去了鞍馬寺的伐竹會，鳴瀧的煮蘿蔔法會，直到一年結束時除夕夜的白朮祭，仔細想想，統統都是和文夫一起去的。當然有時也會邀我妹一塊去。

我們漫無邊際地閒聊，走過寺町，最後我終於按捺不住想問「你要和秋子結婚嗎」的衝動。

不過，秋子和文夫如果結婚了，會離開這個地區嗎？我暗想。那樣的話，我就不能和文夫相約去參加各種祭典活動了。唯獨這點在我心頭怪異地留下疙瘩。

而且那麼渴望離開此地的我，卻從未想過如果和文夫結婚就能離開這個地方。不管我媽心裡是怎麼盤算的，至少我爸已經發過話：

「等你結婚，就離開這裡，和你丈夫去喜歡的地方生活。」

我如果想那樣做絕對不成問題。

星期天，我被阿姨帶著去了堀川的友禪店。不是和服布料店，是專門製作友禪染的地方。阿姨說：

「起碼也得有一件好衣服。我出錢買給你，所以量身訂做一件最適合你的衣服吧。」

我知道西裝可以訂做，卻從不知和服也可量身訂做。

店家位於堀川丸太町，是棟雄偉巨大的雙層房屋。

門口掛著焦茶色的長條布簾。

初老的店主出來迎客，嚷著「哎呀，歡迎光臨」與阿姨熟稔地打招呼。阿姨進了店內就像回到自己家一樣自在。

「這丫頭啊，出嫁該帶的衣裳，現在就開始頭痛了。一切拜託您。」

阿姨說。我根本沒說我想要，我媽和阿姨卻對我的意見置若罔聞。阿姨打著替我置辦嫁妝的名目，又是買和服又是訂做，顯然當成人生一大樂事。

「噢噢——體格真好。這樣和服會襯托得更好看，衣服肯定也很高興。」

店主一笑就擠出滿臉皺紋，但表情很溫暖。我有點困窘。

「我其實很少穿和服，因為我太胖了不好穿衣服。」

「哪裡哪裡，穿和服就是得胖一點才好看。如果支楞在瘦削肩膀上，脖子也沒點肉的話，和服就死掉了。」

一個年輕男人過來送茶水。此人好像是徒弟。據說是住在店裡當學徒。

「身材乾扁的女人不行。單薄的肩膀套上空殼子，好好的和服都顯不出優點——太太您就穿得很好看。真的，和服也顯得特別精神。」

店主誇獎阿姨。此人居然說阿姨鬆垮的穿衣技術和歪歪扭扭的領口很好看。

「宇女，去二樓參觀一下吧？你在京都長大卻什麼都不懂吧？」

「參觀什麼？」

「當然是製作友禪的地方呀。」

店主在前面帶路。二樓的木板房間內，有幾個青年正在替布料上色。有檯子把原色布料拉直撐開，逐一捲起，只見他們一人守在一檯前面拿筆替布料上色。

靠前面的青年，正在高雅明亮的灰布上描繪落葉飛舞的圖案。青年仔細替即將腐朽的葉片著上綺麗色彩。看他拿筆細心描繪的模樣，顯然是令人頭暈眼花、很細緻瑣碎的作業。

後方青年的布料，是在淺粉色上描繪牛車車輪的圖案。青年屏氣凝神地逐一塗上車輪的顏色。

隔壁，是在深紫底色上勾勒白梅。花色耀眼奪目。

「這是成人禮用的。」

店主說著笑了。

有個青年正在專心描繪秋日花草怒放的圖案。菊花與蘭花的葉片葉脈各自浮現，綠色或濃或淡形成一片栩栩如生的葉子。

色彩之美，令我不由屏息。而且，我作夢也沒想到，和服就是經過這麼精心製作的繁瑣作業製作出來的。

「這不算什麼，小姐，和服的製作工程多達十一項呢。」

店主笑了。

「染色和服才是最好的。京友禪實在太美了。」

阿姨也點頭。用青色染料在絲絹打草稿，然後拿橡皮畫出細線。這是圖案的線條畫。用以防止顏色暈開。

然後要先染底色，在那之前，不想染成底色的圖案部分，會事先塗上漿糊蓋住。等到染好底色後，再在圖案上色，蒸過後定色，用水漂洗，加上刺繡或押上金箔，最後再去除污垢過水讓布料定型。

「不知有多費工夫，不過，幸好是分工合作，塗漿糊的人就只負責塗漿糊，染色的人就只負責染色。」

店主說著，下樓拿布料給他們看。從籐編箱子取出好幾卷已經做好的布料攤開來，鋪滿整個房間。美得簡直令人驚嘆不已。

蘊含內斂典雅的水藍色一越皺綢。華麗如能劇舞台裝的外出服。遠山櫻花綻放一片霧濛濛的粉紅色和服。紅葉與格子小門與渦紋圖案熊熊燃燒的火紅和服。土黃底色上綴有花車圖案的衣物。淺綠色上散落色紙，上面描繪王朝的男男女女。下襬有牛車，是源氏繪卷的風格。

我已啞然，看傻了眼。

二樓的青年們頭也不抬地默默工作，一心不亂地運筆。或許是那種認真的工作態度感動了我。雖是青年們的工作場所，卻悄然無聲。沒有收音機的聲音，當然也沒有電視機的聲音。

外面是和煦晴天，從敞開的窗戶傳來街上的各種聲音，室內卻安安靜靜。不時，青年們捲起布匹時才會響起喀拉喀拉的檯子聲音，他們默默坐在木板房間，屏氣凝神地不停揮舞沾滿染料的毛筆。從穿著襯衫長褲的樸實青年手底下，誕生百花爭豔的絢麗友禪。

想到成果就是這些布料，我看待和服的眼光頓時和過去截然不同了。我甚至很感動。

「小姐，這塊布料你搭在肩上比比看。」

店主說，替我挑選了一塊胭脂色圖案大膽的蘭花布料。我把布料橫著比在身上。

「不對，布料要搭在肩上讓它往下垂……對對對。」

店主說。

「這個顏色也不錯。不過，或許該選更柔和的粉紅色比較好，因為您的膚色白皙。」

「是啊。更羅曼蒂克的顏色比較好。」

阿姨也著迷地盯著布料。

「我會好好替您做一件上等的和服。一定會很適合您。小姐，穿上那個，您一定會嫁入好人家。」

店主說。

「您的身材好，穿衣服自然好看，一定會很美。」

店主再次看著我說。

「怎麼樣？再沒有比京友禪更美麗的衣服了。和一般織品有天壤之別。」

阿姨像要嘆息般撫摸布料，

「能夠穿上這麼美的衣服，宇女你一定很慶幸自己身為女人吧。」

阿姨如是說。

雖不知是否慶幸身為女人……至少，我的確對和服有了新的評價。沉甸甸的、觸感柔軟的縐綢，緞子，還有暈染開的種種色彩。我真的適合穿和服嗎？

「如果心裡覺得喜歡，和服自然也會順服您。」

店主笑瞇瞇地大力保證。

我忽然很想穿上和服給阿文看。不是穿浴衣，是友禪做的華麗和服，像阿姨一樣，隨心所欲地自由穿著。這是否表示，原來我也是道地的京女？

翌日是星期一——又得在走向公車站牌的途中對著區內居民鞠躬十幾次。文夫從我身後跑來，慌慌張張跳上公車。在人群中比較容易開口。

「阿文，你什麼時候結婚？」

「啥？」

阿文嚇了一跳。

「結婚？誰？」

「你呀，你不是要結婚？」

「我？沒有。從何說起？」

「搞什麼，原來只是謠言啊。」

「什麼謠言？我一頭霧水。」

文夫好像真的什麼都不知道。

「因為我聽說你要結婚了。」

「跟誰？」

「跟誰不重要。」

「我還聽山城屋的老爺子說你要嫁到外地去呢。」

「真是胡說八道。」

「是假的嗎？」

「假的啦。不，是真的。我的確想過嫁到外地去，可惜沒有對象……仔細想想，忽然覺得這裡也是個好地方。」

「對呀。住在押小路的傳統蟲籠窗老屋。如果你走了，大嬸他們也會很寂寞吧。母系家庭就是這樣沒辦法。」

「阿文，那你會去哪兒嗎？你會離開此地？」

「我嗎？這個嘛，如果我走了就不能和你去看宵山了。」

「這樣啊，那你會留下？」

「會吧，沒辦法。」

我和文夫在公車上推來擠去地嬉鬧，一邊談論著這樣的話題。

小文藝 001

孤獨夜裡的熱可可

作者　田邊聖子
譯者　劉子倩
特約編輯　戴偉傑
美術設計　POULENC
編輯行政　高嫻霖

發行人　林依俐
出版　青空文化有限公司
100台北市中正區忠孝西路一段50號
22樓之14
讀者服務信箱：service@sky-highpress.com

總經銷　大和書報圖書股份有限公司
電話　02-8990-2588

印刷　前進彩藝有限公司

出版日期　2018年12月　初版一刷
定價　320元
ISBN　978-986-96051-5-1

國家圖書館出版品預行編目(CIP)資料

孤獨夜裡的熱可可 / 田邊聖子著 ; 劉子倩譯 . -- 初版 . -- 臺北市 : 青空文化 , 2018.12
284 面 ;　10.5 x 14.8 公分 . -- (小文藝 ; 1)
譯自 : 孤独な夜のココア
ISBN 978-986-96051-5-1(平裝)
861.57　　107006158